L'APPEL DU FOND DES TEMPS

Castor Poche
Collection animée par
François Faucher, Hélène Wadowski,
Martine Lang et Joseph Jacquet

Une production de l'Atelier du Père Castor

GRÉGOIRE HORVENO

L'APPEL DU FOND DES TEMPS

Castor Poche Flammarion

Grégoire Horveno

L'auteur a exercé toutes sortes de métiers : journaliste, conducteur de Fenwick, photographe de scène, déménageur, directeur de structures culturelles... Il a créé des expositions, il a même écrit des livres, mais, à travers tout ça, ce qu'il a préféré, c'est le métier de papa.

Ce qu'il aimera encore plus sera d'être grand-père, pour ne jamais s'arrêter de raconter des histoires.

Il a : une vieille auto, trois garçons, deux filles, un chien, un canard, un âne et un vieux copain sénateur.

Il sera vieux avant d'être grand !

Judex

L'illustrateur, quand il ne dessine pas, aime chercher (et trouver) de vieux livres dont les images le font rêver. Souvent elles lui donnent envie d'en dessiner d'autres…

1. Écho terrestre

Cela faisait déjà trois jours que Marc et Aurore n'étaient pas rentrés chez eux. À l'écoute de mystérieux signaux, ils n'osaient pas quitter la salle des ordinateurs. Ils travaillaient tous les deux au Centre d'écoute spatiale du pic du Midi, en Europe, plus exactement en France. C'était le plus moderne des centres d'écoute intersidérale d'Europe. Mis en service en 2073, il y avait à peine quelques années, ce centre avait pour fonction la détection de messages émis sur les autres galaxies, par des êtres pensants avec lesquels il serait possible de communiquer.

— Regarde, Marc ! Ça reprend, et toujours avec la même fréquence. Cette fois, on tient vraiment quelque chose de tangible.

Il s'approcha de l'écran où les courbes défilaient.

Depuis plusieurs semaines, Marc captait des signaux présentant une certaine logique. Auraient-ils enfin la preuve de ce qu'ils avançaient depuis longtemps ? Des signaux d'une civilisation inconnue… Des heures et des heures de travail et de veille enfin récompensées.

— Regarde ! répéta Marc en montrant son écran à Aurore, ce graphique confirme bien que les signaux viennent en écho non pas d'un autre monde, mais de la Terre elle-même, comme si, envoyés il y a plusieurs millions d'années, ils nous revenaient réfléchis par un obstacle.

— Il me semble aussi, dit Aurore, mais tout cela est insuffisant pour l'affirmer.

Depuis trois jours, les messages se faisaient de plus en plus fréquents, la batterie d'ordinateurs essayait en vain de les décrypter. Une seule chose était certaine. Il s'agissait de signes organisés avec une logique indéniable. Marc était vissé à son écran, il n'osait pas le quitter des yeux. Il se nourrissait uniquement d'aliments concentrés, comme ceux utilisés par les cosmonautes dans les voyages interplanétaires de longue durée. De même, il utilisait son système de veille artificielle qui lui permettait de garder ses facultés intellectuelles, même en phase de sommeil profond.

Marc était un rêveur, un imaginatif. Il construisait des mondes, imaginait des systèmes. Quand il était petit, il voulait être dessinateur de BD, comme son grand-père, ou écrivain, comme son arrière-grand-mère... Mais il avait suivi une autre voie. Il était devenu astrophysicien. Ses travaux étaient traduits dans les revues scientifiques du monde entier.

Grâce aux travaux d'Aurore, sa compagne, on pouvait capter des signaux en provenance du passé, enregistrer des ondes diffusées des millions d'années auparavant.

Elles donnaient des éclaircissements sur les bouleversements de la planète, facilitant la compréhension de son histoire. C'est ainsi que de grands phénomènes géologiques, comme la formation et la dérive des continents, avaient pu être analysés avec beaucoup plus de précision.

Persuadé que les signaux qu'il entendait depuis plusieurs jours ne provenaient pas d'une autre galaxie, mais bien de notre planète, Marc avait demandé à Aurore de se joindre à lui. Il était content de travailler avec elle.

Il avait déjà écouté les échos émis par la Terre lors de ses grands bouleversements. Ils étaient anarchiques et inorganisés. Les échos qu'il recevait aujourd'hui étaient, eux, parfaitement organisés. Il en était sûr.

Pour Aurore, ces signaux venaient de l'ère secondaire ; toutefois, ils ne ressemblaient en rien à ceux qu'elle avait captés jusqu'à ce jour. Encore quelques semaines de travail et elle pourrait parvenir à les dater beaucoup plus précisément.

Tous les deux étaient d'accord. Il s'agissait de signes émis par une conscience intelligente. Ces appels d'une civilisation aujourd'hui disparue confirmaient ce que Marc avait toujours pensé : des êtres venus de l'espace avaient, à différentes époques, occupé notre planète.

Aussi subitement qu'elles étaient apparues, les émissions s'interrompirent. Et, d'un seul coup, après de longues semaines de silence, les oscilloscopes s'affolèrent, enregistrant une onde gigantesque. Il y eut une courte interruption, puis une suite d'ondes de choc se répondant les unes aux autres, perdant chaque fois un peu de leur intensité jusqu'à disparaître complètement.

Ils restèrent plusieurs jours à l'écoute, manipulant en vain leurs antennes. C'était le silence total.

Bouleversés par cet arrêt soudain, ils n'étaient plus sûrs de rien. Ils écoutaient et réécoutaient fiévreusement les enregistrements, essayant de donner un sens aux mystérieux signaux.

La mort dans l'âme, ils décidèrent de redescendre dans la vallée. Marc aimait particulièrement cet observatoire, à plus de trois mille mètres d'altitude au-dessus de l'agitation humaine. Ici, la qualité de l'air et de la lumière était différente. Loin de la pollution, la nuit était plus noire, les étoiles plus proches. Il se sentait chez lui à l'observatoire, qui, sous sa direction, avait été complètement remodelé, pour devenir une des stations d'écoute les plus performantes du monde.

Ils habitaient dans la vallée un chalet en bois de la fin du XXe siècle, au pied du pic du Midi. Sous un aspect rustique, le chalet cachait toutes les facilités de cette fin de XXIe siècle. Marc aimait bien la grande cheminée où il s'amusait à faire des feux d'enfer, pour le plaisir de ses amis. Dans une vitrine, il avait toute une collection d'objets anciens ayant appartenu à son arrière-grand-père. Il était particulièrement attaché à ces vieux avions et ces vieilles voitures, reproductions exactes à l'échelle de machines ayant réellement fonctionné. Le fleuron de sa collection était la vieille motocyclette, grandeur réelle cette fois, qu'il tenait de son grand-père. Quelquefois, il la faisait marcher, lors de rétrospectives du XXe siècle.

Laurie Dense
6ème 4

épiscopal.

2. Expédition intertemporelle

C'est presque par hasard que Marc eut connaissance du projet de voyage temporel organisé par l'équipe du professeur Maboutou, de l'université de Dakar, l'une des plus en vue de l'Union des républiques de l'Ouest africain (UROA).

Si les Américains et les savants des Républiques slaves unies (RSU) avaient déjà réalisé des expériences de cette nature, ils en étaient restés aux temps historiques et n'avaient jamais pris le risque d'aller au-delà. Cette fois, le projet était beaucoup plus ambitieux. Il s'agissait d'un voyage hors des temps historiques et même préhistoriques, puisqu'il était question d'explorer l'ère secondaire.

Marc avait bien connu Pierre Maboutou, avec qui il avait fait une partie de ses études à Berlin. Ils s'étaient perdus de vue, ne se croisant plus que de temps en temps lors d'un congrès intercontinental. Comme Marc, Pierre Maboutou n'aimait pas beaucoup l'ambiance de ces congrès, où il avait l'impression de perdre son temps. En revanche, ils suivaient attentivement leurs travaux respectifs.

C'est donc avec plaisir que Marc prit contact avec son ami dans l'espoir de se joindre à l'expédition intertemporelle. Il lui fallut user de toute sa ténacité et de son amitié avec le professeur Maboutou pour être accepté au sein de l'équipe de l'UROA.

La préparation à ce premier voyage dans les temps géologiques était extrêmement éprouvante, tant sur le plan physique que sur le plan psychologique. Les voyageurs devaient être prêts à faire face à toutes les éventualités. La dimension de cette aventure vers l'inconnu rappelait un peu les premières expéditions dans l'espace de la seconde moitié du XXe siècle. C'était assurément l'Aventure de cette fin du XXIe siècle. L'homme avait réalisé un de ses rêves de toujours : se déplacer dans le temps. Beaucoup de bandes dessinées de science-fiction réalisées par son grand-père avaient pour thème le voyage dans le temps. La fiction était devenue réalité. Marc était ému de participer à une telle expérience.

L'ère secondaire avait été choisie afin d'élucider le mystère de la disparition des grands reptiles.

Marc était nettement le plus âgé de l'équipe de trente savants issus des disciplines les plus diverses qui avaient été choisis pour accomplir ce fabuleux voyage. Médecins, géologues, chimistes, vulcanologues, météorologues, biologistes, journalistes, informaticiens et techniciens de tous bords... Ils venaient de tous les continents. Ils avaient conscience d'accomplir une mission exceptionnelle, qui permettrait de franchir une nouvelle limite dans la connaissance de l'histoire de la Terre.

C'est avec une sorte de vertige qu'ils voyaient arriver l'heure du grand saut dans l'inconnu. Trois d'entre eux avaient craqué et il avait fallu les remplacer. C'est ainsi qu'Aurore avait pu se joindre à eux. Elle avait réussi, avec beaucoup plus de facilité que Marc, à convaincre le professeur Maboutou de l'accepter au sein de la mission.

Le départ devait avoir lieu le 13 avril à 18 h 30 en temps universel. Personne ne pouvait dire au juste comment l'organisme humain supporterait un tel déplacement dans le temps. Si les conditions climatiques que l'équipe de chercheurs allait trouver étaient à peu près connues par l'étude des pollens fossiles.

L'expédition, qui ne durerait pas plus de six semaines, devrait se suffire à elle-même pour l'alimentation, hormis les barres et les pilules protéinées et vitaminées.

Le professeur Maboutou, qui connaissait parfaitement les rapports faits par les explorateurs des temps historiques, savait bien que ces voyages étaient sans conséquences pour l'organisme humain. Mais là, c'était une tout autre affaire. Il s'agissait de franchir des millions d'années, de pénétrer dans un monde que l'homme n'avait jamais connu, hors de l'histoire.

Marc avait conscience des risques et acceptait de les prendre. Il était plus inquiet pour Aurore, d'autant plus qu'elle avait pris le projet en marche et manqué le début de la préparation.

Il jeta à nouveau un coup d'œil sur les noms et les origines des participants. Il en connaissait quelques-uns.

Grégoire Badoumba, médecin et chef de l'expédition (UROA).

Alain Maboutou, climatologue (UROA). C'était le fils de son ami Pierre Maboutou. Il était aussi volontaire que son père.

Marc leva les yeux et s'absorba dans ses souvenirs. Il avait vu Alain une fois. Il se souvenait d'un garçon d'une dizaine d'années, très vif, qui installait dans le jardin de son père toutes sortes d'appareils, véritables petites stations météorologiques de bric et de broc qui faisaient hurler sa mère. En grandissant, il n'avait pas renié les passions de son enfance.

Marc reprit sa lecture.

Philippe Agathian, spécialiste des relations intertemporelles de l'université de Rabat (UROA). Agathian était devenu un ami. C'était lui qui avait convaincu Pierre Maboutou de laisser Marc se joindre à eux.

Hamed Dabidji, vulcanologue (UROA).

Anne Charel, médecin anesthésiste de l'hôpital d'Abidjan (UROA).

Sylvie Maboumkada, biochimiste (UROA). Marc se demanda si c'était la superbe femme noire qu'il avait aperçue parmi les membres de la délégation de l'UROA la semaine précédente à Paris. Il n'était pas près d'oublier son sourire.

François-Ali Benkadif, médecin, spécialiste des maladies tropicales (UROA).

Myriam Dunan, vidéaste (UROA).

Alan Kenedy, biologiste, université de Chicago, Continents américains unis (UAC).

Li Quoniam, historien, de l'université de Los Angeles (UAC). Le vieux Li. L'homme qui avait la plus grande expérience des voyages temporels. Il en avait déjà effectué quatre, dont l'un jusqu'en l'an moins dix mille avec le professeur Olof Nilsson pour étudier la deuxième glaciation. Une célébrité mondiale !

Chiva Detournay, informaticien, université de Brasilia (UAC).

Louis De Monfort, chimiste, université de Québec (UAC).

Boris Yaskof, météorologue, Républiques slaves unies (RSU).

Youri Cherman, océanographe (RSU).

Igor Poplesco, photographe (RSU).

Marc était incapable de mettre un visage sur la plupart des noms.

Olof Nilsson, agronome de l'Institut de recherche agronomique polaire de Tromso (Europe). Marc se demanda ce que pouvait bien venir faire un spécialiste de l'agronomie polaire dans cette histoire.

Cyril Le Bihian, technicien (Europe).

Alexis Le Bihian, technicien (Europe).

Ceux-là étaient vraisemblablement les jumeaux dont on lui avait parlé. Les boute-en-train de l'expédition.

Miguel Lopez, journaliste (Europe).

Karim Smadjaït, technicien (Europe).

Franck Herman, paléontologue (Europe).

Marc Dufrenot, spécialiste de l'écoute spatiale (Europe). Ah ! ouf ! Il était officiellement sur la liste.

Aurore Lebert, spécialiste de l'écoute des échos terrestres (Europe). Et re-ouf ! Marc se réjouit de voir leurs deux noms l'un au-dessous de l'autre, confirmation de leur départ.

François Bernhard, psychologue de l'université de Strasbourg (Europe).

Hormis les jumeaux, il connaissait déjà toute l'équipe européenne. Venaient ensuite les représentants de l'UPP (Union des peuples du Pacifique).

Tchang Yenlï, spécialiste de la dérive des continents, chef du laboratoire de sismologie de l'université d'Hiroshima (UPP). Yenlï ! Celui-là, Marc ne le connaissait pas, mais il avait entendu parler de lui, car il ne cessait de remettre en cause son départ, trouvant chaque jour un prétexte scientifique pour contester les dispositions de sécurité.

Sun Tchou Kö, du Centre d'études sous-marines de Sydney (UPP). Il ne le connaissait pas.

Laure Charbonet, physicienne, spécialiste de la mécanique quantique, université de Sydney (UPP). Celle-ci non plus.

Élise Dien-Hoa, journaliste (UPP). Et celle-là pas davantage ! Il faut dire que l'équipe européenne n'avait eu que peu de contacts avec celle des peuples du Pacifique.

Belle brochette ! pensa Marc. Bel échantillon d'ethnies et de cultures pour aller à la rencontre de nos origines.

Il se sentait excité comme un gamin à la veille d'un départ en vacances.

3. La dérive du temps

Très spacieuse, la navette intertemporelle mise au point par les chercheurs de l'UROA se présentait comme une coupole d'acier aplatie. Elle faisait penser aux maisons sous-marines des fermes aquatiques. Les matériaux employés avaient été prévus pour résister à l'énorme champ magnétique exercé sur elle, ainsi qu'à un risque éventuel de très fortes radiations atomiques. Elle était posée sur un socle de béton de trente mètres d'épaisseur. À proximité se trouvait l'énorme générateur devant fournir l'énergie nécessaire à la création d'un champ magnétique suffisant pour l'arracher à l'espace-temps. Pendant un court instant, de l'ordre du millième de seconde, toute l'énergie disponible de la planète allait converger vers la machine imaginée par le professeur Maboutou. Ensuite, l'énergie fournie par le générateur atomique de la station suffirait.

L'intérieur était semblable à celui de n'importe quelle station d'observation scientifique moderne. On avait fait appel à des architectes décorateurs pour l'aménager. Conçu pour le confort des voyageurs, rien n'y avait été laissé au hasard, ni les formes ni les couleurs. Tout était prévu pour faire oublier aux passagers, pendant les six semaines de leur séjour à l'ère secondaire, qu'ils vivaient dans une machine bourrée d'ordinateurs et de matériel de mesures. Une grande place était réservée au jeu et à la convivialité, mais chacun pouvait également s'isoler s'il le désirait.

Après la cérémonie officielle de départ et de brefs adieux, la lourde porte de la machine se referma sur les temponautes.

La préparation des voyageurs du temps avait été particulièrement soignée. Pourtant, lorsque la porte se referma, un frisson d'angoisse passa sur les trente membres de l'équipage, chacun s'imaginant, pour une raison ou une autre, prisonnier d'un monde hostile à des millions d'années de chez lui.

Le premier à sortir du coma transtemporel fut Li Quoniam, le vétéran. Il en était à son cinquième voyage.

Il se précipita à la console de contrôle, vérifia le temps réel corrigé : 18 heures 56 minutes et 40 secondes ; 13 avril 2075, heure de Greenwich. Dans six semaines, ou plus exactement dans 1 007 heures 3 minutes et 60 secondes, les techniciens de Dakar, ici même en Afrique, mais au XXIe siècle, commenceraient le compte à rebours pour les ramener dans leur époque. Li Quoniam savait que, s'ils n'étaient pas présents à bord de la navette, le retour se ferait sans eux. Il savait qu'il fallait se méfier du temps. Le temps apparent pouvait ne pas être exactement le même que le temps réel. Quelques centièmes de seconde, multipliés par soixante-dix millions d'années, et c'était la catastrophe, la certitude de rester prisonnier de l'ère secondaire. Bien sûr, on pouvait envisager une expédition de sauvetage, mais dans quelles conditions ? Avec un petit décalage de quelques années ou même simplement de quelques mois, ils risquaient de ne jamais se rencontrer. Tous savaient que la phase de retour dans le temps exact était la partie la plus délicate de l'opération.

Les contrôles préliminaires achevés, il s'approcha du hublot pour contempler le paysage. La première chose qu'il constata fut le décalage entre le temps réel et le temps apparent. En temps apparent, il assistait au lever du soleil, alors qu'en temps réel il était 19 heures. Il leur faudrait recalculer le plus rapidement possible, avant de sortir, la dérive exacte du temps.

Tout cela l'empêchait d'apprécier le fabuleux spectacle qui s'offrait à lui. Il se mit aux ordinateurs pour calculer la courbe de dérive du temps. Li regrettait presque de s'être laissé entraîner dans cette aventure avec, comme chef d'expédition, un médecin, grand biologiste, certes, mais qui ne connaissait rien ou presque aux problèmes temporels. Il se précipita pour réveiller Philippe Agathian et Chiva Detournay, laissant à leurs doux rêves les paléontologues et autres vulcanologues. L'urgence, c'était le temps. On s'occuperait ensuite des études sur le terrain. L'urgence, c'était de calculer le « temps perdu », perdu à jamais.

Petit à petit, le reste de l'équipage se réveilla dans un silence de mort, à peine troublé par le cliquetis du clavier d'ordinateur qui envahissait peu à peu l'espace sonore de la cabine.

Pour Grégoire Badoumba, le chef de l'expédition, l'essentiel consistait à maintenir intacts le moral et la cohésion du groupe. Pendant que les spécialistes s'affairaient à leurs calculs, il se félicita d'avoir embarqué avec lui l'un des plus éminents psychologues de la planète.

Marc, fasciné par le paysage, semblait être complètement au-dessus de toutes ces considérations. C'était encore plus fabuleux que tout ce qu'il avait pu imaginer, encore plus extraordinaire que tous ses rêves d'enfant. Ému, il pensait à son grand-père qu'il admirait tant, et qui avait su le faire rêver quand il était petit, ce grand-père qui faisait surgir de son ordinateur des mondes fantastiques, mêlant le futur au passé et le passé au présent. C'était fou ! Il était là, au milieu de cette forêt de fougères dont il avait rêvé si souvent. Il avait envie de pleurer, de redevenir un petit garçon pour courir se jeter dans les bras de ce merveilleux grand-père.

Le soleil levant projetait l'ombre des fougères démesurément allongées qui semblaient vouloir pénétrer à l'intérieur de la station. Les astros n'en finissaient pas de faire leurs calculs, interdisant à quiconque d'ouvrir le sas de sécurité et de partir à la découverte de cette jungle fabuleuse avant que les résultats ne soient donnés.

Aucun son ne parvenait du dehors. Marc

avait hâte de sortir, d'aller au-devant de ce monde qui s'offrait à lui. Il lui semblait qu'il devait vibrer de mille sons nouveaux.

Pour faire patienter l'équipage, sur les conseils du psychologue François Bernhard, on avait mis en route les caméras qui diffusaient dans la salle commune des images de l'extérieur. La station reposait sur une sorte de presqu'île sablonneuse, au milieu d'une vaste lagune, à la lisière d'une zone de végétation plus dense. Apparemment, l'environnement n'avait rien d'hostile. Pas de monstres antédiluviens à l'horizon. Une légère brume matinale entourait le paysage. Soudain, les sons emplirent la vaste cabine. Ils étaient terrifiants. Puis ce fut le silence et la voix synthétique de Julie, l'ordinateur-coordinateur de bord, annonça : « Radioactivité nulle, température extérieure 37 degrés, humidité 69 %, vent faible de force 3, de secteur deux fois sud, champ magnétique force 2, de 68° par rapport à l'axe médian de… » Déjà, Marc n'écoutait plus. De toute façon, ces données étaient enregistrées, il serait bien temps de les étudier plus tard. Il n'avait qu'une idée, sortir !

Pendant que les techniciens de maintenance mettaient en route les capteurs solaires qui devaient permettre l'autonomie du groupe pendant six semaines, Marc avait déployé les grandes antennes d'écoute de la station.

Cette effervescence cachait mal l'angoisse qui commençait à monter au sein de l'équipage. S'ils ne comprenaient pas toute la complexité du rapport « temps réel/temps apparent », ils avaient l'intuition qu'on touchait là à un réel danger. Les avait-on laissés partir en accordant pour leur retour une part, si infime soit-elle, au hasard ? Le professeur Maboutou avait-il bien la maîtrise de tous les paramètres de l'expérience ?

4. Objets volants non identifiés

Marc était à son pupitre depuis plusieurs heures quand il enregistra les premiers signaux : les mêmes que ceux captés quelques mois plus tôt, ou quelque soixante-dix millions d'années plus tard. Pas de doute, son intuition avait été juste. Il s'agissait bien d'un message venu du temps et non de l'espace… la marque d'une civilisation avancée. Il y avait donc quelque part des hommes… Des hommes ?! Mais non, pas des hommes ! C'était impossible ! Le plus petit des mammifères n'apparaîtrait qu'à la fin du secondaire.

Ou alors ?…

Il n'osait pas y penser.

Des êtres intelligents qui ne seraient pas des hommes, des êtres différents, mais habités d'une intelligence semblable à la nôtre.

Marc reprenait son scénario préféré : une civilisation extraterrestre fuyant sa planète d'origine pour se réfugier momentanément sur la Terre à la suite d'une catastrophe et qui l'aurait ensuite abandonnée. Ou alors une civilisation avancée venue d'ailleurs, mais inadaptée aux conditions de vie sur Terre, qui se serait rapidement éteinte sans laisser de traces. Ou encore des êtres fragiles exterminés par les grands reptiles.

N'était-ce pas là la plus folle et la plus merveilleuse des aventures que d'aller au-devant d'êtres, d'intelligences, de civilisations disparus et de communiquer avec eux ? Mais comment, eux, recevraient-ils le message ? Quelle forme de civilisation était la leur ? Étaient-ils plus évolués que nous ? Avaient-ils un cheminement si divergent du nôtre qu'il dépassait notre imagination ? Comment communiquer ? Ne prendraient-ils pas l'incursion des hommes du XXIe siècle comme une agression ? De quelle manière leur faire connaître les intentions pacifiques de l'expédition ?

Semblant répondre aux questions que Marc se posait, deux objets volants apparurent sur les écrans géants, décrivant plusieurs orbites autour de la station des temponautes. L'équipage se figea, pétrifié par le choc de l'image. Toute notion de temps basculait, le futur et le passé fusionnaient…

La réponse était là. Tout était beaucoup plus simple que ce que Marc avait échafaudé l'espace d'un instant : ces machines arrivaient bien d'un autre monde, d'une autre planète, d'une autre galaxie peut-être, dirigées par des êtres venus explorer la Terre.

Quelles possibilités existait-il de communiquer avec eux ?

Était-ce là une simple expédition de quelques êtres ou la délégation d'une véritable colonie installée sur la Terre pour y exploiter ses richesses ? Ces êtres avaient-ils fait souche ? Étaient-ils nombreux ?

Tout était possible, même les hypothèses les plus folles ! Mais alors pourquoi cette civilisation n'avait-elle pas laissé la moindre trace, le moindre vestige, la moindre empreinte dans la pierre, comme les fragiles fougères dans le charbon ?

Marc n'osa pas évoquer ce qui lui passait par la tête à la conférence du soir, après un repas léger pris ensemble. Chacun parlait des « avions » aperçus dans l'après-midi. Chacun y allait de son commentaire et commençait à se persuader de la présence d'une vie humaine quelque part... Les médecins et les biologistes, soutenus par les climatologues, confirmaient qu'un genre de vie humaine pouvait se développer...

Ils apprirent avec satisfaction que, les problèmes de temps étant en voie de résolution, ils pourraient vraisemblablement sortir dès le lendemain. En revanche, par mesure de sécurité, il faudrait écourter la mission de cinquante et une heures afin d'avoir la certitude d'être présent à bord de la station au moment du retour programmé par ceux de la base restés dans le temps réel.

Marc n'arrivait pas à s'endormir ; il griffonna quelques notes sur un carnet qui le suivait toujours. Ce carnet était la risée de ses amis : « Mais enfin, Marc, on n'est plus au Moyen Âge, les techniques ont évolué depuis ! Qu'as-tu besoin de trimbaler ces objets archaïques ? »

Il savait qu'ils avaient raison, mais il avait, lui, besoin de son vieux carnet. Il aimait écrire, cela le reposait, lui donnait le temps de réfléchir. Il avait aussi un autre plaisir, visuel, charnel : le plaisir de tracer des lettres sur le papier.

Petit, il admirait son grand-père, capable de dessiner sans ordinateur, de faire surgir des images juste avec un bout de papier, un crayon et des pinceaux. Combien d'enfants savaient maintenant ce qu'était un crayon ? Depuis bientôt cinquante ans, on n'apprenait plus à écrire à la main…

Il avait à peine connu ses parents et

c'était ce merveilleux grand-père, artiste et farfelu, qui l'avait élevé. Les autres enfants se moquaient de lui quand il allait chercher Marc à l'école. « Il sort d'un musée, ton vieux, ou c'est le congélateur qu'est tombé en panne ? » Il les détestait tous.

Pourquoi ces souvenirs remontaient-ils tout d'un coup ? L'émotion sans doute, à cause de tous les événements de la journée.

Il nota :

13 avril 2075, à moins que nous ne soyons le 14. Je suis un peu perdu, je ne comprends pas grand-chose à toutes ces histoires de temps, ou plutôt je ne me donne pas la peine d'y réfléchir suffisamment.

Je pense que mon intuition est la bonne, il y a ici une forme de vie, d'organisation intelligente, mais comment se présente-t-elle ? Nous sera-t-il possible d'entrer en contact avec elle ? Tout cela m'excite beaucoup, il y a trop de questions sans réponses…

Les réponses, s'il y en a, sont peut-être terrifiantes et, de toute façon, remettent en cause ce que nous croyons savoir... Peut-être n'aurions-nous jamais dû tenter une telle expérience...

5. Le monstre végétal

14 avril

Belle lumière. La journée s'annonce bien. Nous allons enfin pouvoir mettre le nez dehors. D'après les mesures effectuées, nous pourrons sortir sans scaphandre de protection, respirer directement l'air ambiant… La santé d'Aurore m'inquiète quelque peu. Elle a mal supporté le voyage, mais le docteur François-Ali dit que ce n'est rien de grave.

11 h 42. Nous mettons enfin le pied dehors : petite promenade de rien avec François Bernhard et Olof. Les techniciens sont restés à la station pour finir de monter l'engin.

L'air est doux et humide, sans vent. Partout des plantes et des fleurs de toutes les couleurs. J'imaginais une forêt de fougères gigantesques, alors que nous nous trouvons dans une sorte de clairière très verte, fleurie, fourmillant d'insectes, parsemée çà et là de bouquets de grandes fougères aux feuilles dentelées s'étalant comme des parasols. Une fois remis du premier choc, je ne me sens plus vraiment dépaysé, il me semble que je m'apprivoise, que je m'habitue à cette folle nature. Bien que je ne sois pas très fort en botanique, je reconnais plusieurs espèces : des palmiers, différentes sortes de conifères, des arbustes à fleurs. Alain Maboutou et Olof nous ont fait une passionnante leçon de choses, nous expliquant que l'imagerie populaire a tout mélangé dans les esprits. Il est vrai que nous sommes à la fin de l'ère secondaire et que les plus grands dinosaures ont peut-être déjà disparu avec la forêt de fougères arborescentes qui leur servait de nourriture. De nouvelles espèces végétales et animales mieux adaptées sont apparues, les fougères dépassent rarement les cinq-six mètres.

J'ai l'impression d'être un promeneur, un touriste. Tous les autres s'affairent, mesurent, testent, coupent, filment. Le travail m'attend à l'intérieur, et je dois continuer mes écoutes. Je ne parviens pas à m'y contraindre. C'est trop d'un seul coup. Je suis hanté par l'idée d'une présence « humaine ». Il me semble qu'on nous épie, qu'on nous surveille.

Tous s'étaient remis des frayeurs de la veille et chacun avait repris son travail le plus simplement du monde, avec peut-être un peu plus de fébrilité que d'habitude. Il arrivait à Marc de se demander si ses collègues étaient vraiment conscients de l'importance de l'expérience qu'ils vivaient. Il était subjugué de les voir vérifier des mesures, collecter des échantillons comme s'ils effectuaient un travail de routine. Bien sûr, ils avaient été longuement préparés à ce voyage, connaissaient presque parfaitement l'environnement qui les attendait... Mais à ce point !

Tout l'attirait dehors et c'est sans empressement qu'il s'installa devant son pupitre, dirigeant ses antennes à la recherche de nouveaux signaux.

Comme rien ne venait et que les deux techniciens avaient fini de monter le char, il partit l'essayer avec eux. Si Alexis et Cyril étaient les plus jeunes membres de l'expédition, leur enthousiasme n'était pas des moindres. Marc se sentait bien avec eux. Il aimait leur spontanéité.

Laissant derrière eux la savane fleurie, ils longèrent la lisière de la forêt tropicale, puis s'y enfoncèrent prudemment. La progression était lente et difficile. En l'absence de la moindre piste, ils décidèrent d'un commun accord de ne pas s'aventurer trop profondément, car les instruments de navigation étaient réduits à leur plus simple expression. Impossible ici de faire appel pour se repérer à un satellite géostationnaire, ou à toute autre facilité du monde moderne. Ils ne possédaient qu'un simple compas électronique relié à la station. En revanche, leur véhicule était une vraie petite merveille, un condensé des dernières trouvailles électroniques du siècle. Au fur et à mesure que l'engin progressait, son équipage était informé de la nature des sols qu'il parcourait grâce à un sonar. De même, l'atmosphère environnante était continuellement analysée et un écran communiquait en permanence le taux d'oxygène, de gaz carbonique et d'azote.

Ils avaient rapidement quitté la clairière et avançaient à travers un enchevêtrement de plantes et d'arbres fabuleux. Ils roulaient sur un épais tapis de végétaux en décomposition d'où s'échappait une humidité fétide et âcre. Les taux de gaz carbonique et d'humidité augmentaient considérablement. La lumière du soleil avait du mal à se frayer un passage à travers cette masse végétale, qui étouffait les sons.

Des troncs géants, recouverts d'une sorte de mousse gluante, s'abattaient dans un craquement sinistre, bientôt étouffé par le monstre végétal, et c'était de nouveau le silence grouillant, gargouillant comme si la forêt n'était qu'une machine se nourrissant d'elle-même. Ils participaient comme dans un estomac géant à l'alchimie qui transformait pour les générations futures l'énergie solaire en charbon, en pétrole. Ils assistaient à la digestion de la forêt par elle-même. La matière vivante n'arrêtait pas de se métamorphoser, de s'amonceler. C'était un spectacle hallucinant. Ils contemplaient la création de l'énergie qu'ils consommeraient plusieurs dizaines de millions d'années plus tard. Ils étaient là, au cœur de la « grande marmite ». C'étaient les termes qu'employait le prof de géologie de Marc au collège, pour essayer de leur faire comprendre les mécanismes de fabrication des roches carboniques.

L'idée que la machine qui les protégeait puisse tomber en panne les terrifiait. Obligés de sortir de leur habitacle, de leur cocon d'acier et de technologie, ils seraient sûrement dévorés, engloutis, avalés, digérés par cet océan. Il leur fallait se rendre à l'évidence, le véhicule était complètement inadapté à ce genre de mission, trop fragile ; il risquait à chaque instant de se retourner ou de s'enliser dans l'humus fourmillant de mille fermentations. Il fallait rentrer au plus vite.

Ils avaient l'impression qu'il pleuvait. Ce n'était que le bruit incessant de minuscules débris n'arrêtant pas de tomber.

Hypnotisés, fascinés par la forêt, ils ne pouvaient plus s'en détacher. Il fallait rentrer, ils le savaient, mais n'arrivaient pas à prendre la décision de faire demi-tour. Ils étaient pris par l'ivresse de l'enfer vert. Ce phénomène était dû à l'émanation des gaz issus de l'intense fermentation, conjuguée avec la raréfaction de l'oxygène, mais aucun d'eux n'en avait conscience. Ils s'encourageaient mutuellement à aller plus loin, juste pour voir un nouveau détail, une plante géante, une mousse étrange.

Le jour commençait à baisser. Contre toute logique, ils continuaient leur exploration. Ils seraient bientôt obligés de mettre les phares. Littéralement happés par la forêt, glissant à travers ses entrailles gluantes, ils évitèrent de justesse un tronc d'arbre, qui, dans sa chute, endommagea l'antenne radio de leur jouet humain, coupant toute liaison avec la station. Leurs compagnons pouvaient encore les repérer, mais auraient-ils la possibilité de venir à leur secours ?

Ils entendirent un bruit terrible, insoutenable, comme celui d'une fusée passant en rase-mottes au-dessus de leurs têtes, mais ne purent rien distinguer, à cause de la voûte végétale qui les recouvrait. Marc repensa aux engins qu'ils avaient vus la veille sur les écrans. Non, aucune vie organisée n'était possible dans un monde aussi hostile. Toute tentative serait immédiatement digérée. Alors, c'était forcément des êtres venus d'ailleurs pour explorer notre planète. Et encore… Rien ne prouvait que ces machines soient habitées.

6. Signaux

À la station, l'inquiétude commençait à monter. Marc et les techniciens ne répondaient plus aux appels pressants de la radio. Le radar avait perdu leur trace. Déjà six heures qu'ils étaient partis. La nuit était tombée. Leur comportement était en contradiction avec toutes les consignes de sécurité. Ils étaient sortis pour un simple essai qui n'aurait pas dû durer plus d'une demi-heure.

Aurore était folle d'inquiétude.

Elle connaissait bien Marc et savait qu'il n'était pas homme à s'aventurer à la légère. Elle craignait le pire. Mais que pouvait bien être le pire dans un monde dont ils ne connaissaient rien ? Une simple panne tournant à la catastrophe ? Un accident ? La rencontre avec un dinosaure géant ? Tout était possible. Les autres essayaient sans trop de conviction de la rassurer, masquant mal leur propre angoisse.

Dans un fracas étourdissant, les mêmes engins que la veille apparurent sur les écrans.

— Mais oui, bon sang ! C'est à eux qu'il faut demander du secours ! hurla Aurore. D'où qu'ils viennent, ils sont les seuls à pouvoir nous aider ! Eux, au moins, ils ont des moyens, ils pourront les repérer.

Et elle parla des signaux que Marc avait captés.

— Peu importe le risque, il faut aller vers eux, on n'a pas le choix… Je dois à tout prix les contacter…

Elle se rua sur les claviers de Marc pour essayer, cette fois, non plus de capter un message, mais d'en envoyer un.

— Voyons, Marc a enregistré les fréquences pour utiliser les mêmes, se dit-elle à haute voix.

Un doute la prenait. Et si ces machines volantes étaient inhabitées, de simples engins de reconnaissance ?

Non ! Non ! Elle n'avait pas le droit de perdre espoir.

Et puis il y avait les signaux.

De toute façon, c'était la seule chance, si minime soit-elle. Aurore n'avait pas le droit d'arrêter. Elle ne se sentait plus malade du tout, au contraire, elle découvrait en elle une énergie formidable. Lutter, lutter, ne pas se laisser aller. Elle savait qu'elle tenait au bout de son clavier la vie de Marc et de ses compagnons. Elle resterait là, vissée à ses émetteurs, aussi longtemps qu'il le faudrait, dans l'attente d'un signe des « autres »...

Les engins repassèrent au-dessus de la station, plus lentement cette fois, décrivant de larges cercles autour de la coupole d'acier, puis à nouveau cinq ou six fois au cours de la nuit. Chaque passage redonnait courage à Aurore.

À l'intérieur de la station, la tension était à son maximum. Les scénarios les plus extravagants étaient envisagés, des plus optimistes aux plus catastrophiques. Tous se sentaient comme des naufragés. Le plus dur était l'impossibilité de communiquer avec leur monde. Ils avaient l'impression d'être abandonnés et se raccrochaient à Aurore et aux signaux qu'elle ne cessait d'émettre.

Il sembla à la jeune femme qu'elle obtenait une réponse, les fréquences n'étaient plus les mêmes. Elle s'appliqua à les reprendre ; la fréquence changea, elle fit de même. Ça y était ! Elle avait réussi à établir un contact, une amorce de dialogue. Elle avait été entendue. Aurore en était sûre.

Il régnait dans la cabine un silence total, lourd et opaque. Chacun attendait la reprise des signaux venus des « autres ». Mais qui étaient-ils ? Le mystère demeurait entier. L'espoir renaissait quelque peu, en même temps qu'une sourde angoisse devant cette intelligence inconnue, étrangère.

Emportés par la fatigue et un trop-plein d'émotions, ils sombrèrent dans le sommeil, laissant Aurore seule avec sa machine, dans la clarté bleutée des écrans. Elle était bien. L'anxiété de l'équipe l'oppressait. Elle n'avait plus leur angoisse à supporter. Elle appréciait ce calme et, curieusement, se sentit apaisée. Elle avait l'impression d'entendre des mots, comme dans un rêve. Pas vraiment des mots, non, plutôt des images apaisantes. Elle s'engourdissait dans une étrange torpeur. Non ! Non ! Il ne fallait pas qu'elle s'endorme. Elle n'avait pas le droit, elle devait rester éveillée pour maintenir le contact. Mais, avant même qu'elle ne branche le système de veille artificielle, elle sentit le sommeil l'emporter, elle n'avait plus la force de lutter. Elle s'enfonça dans des rêves étranges…

7. Voix

Marc ne se rappelait plus rien. Il avait l'impression d'avoir dormi longtemps, d'un sommeil agité plein de rêves bizarres, de cauchemars et de voix. Ces voix tenaient des propos étranges mais rassurants, bien qu'un peu incohérents. Étaient-ce bien des voix ? Pas vraiment, c'était quelque chose de plus immatériel, peut-être seulement des images, des idées. Il avait l'impression d'avoir beaucoup parlé, lui aussi, d'avoir divagué, d'avoir raconté n'importe quoi.

Il fit un effort surhumain pour essayer de se souvenir : le bruit, le grand bruit, comme un avion qui aurait décollé dans sa tête. Oui ! il se souvenait encore, il avait dit à Alexis et à Cyril : « Surtout ne pas quitter le véhicule… » La forêt terrifiante, le char littéralement happé par la végétation tentaculaire et cette étrange euphorie qui les prenait ! Ils étaient bien, si bien ! Ils riaient… Il avait subitement pris conscience d'être complètement ivre. Et puis plus rien, des cauchemars : des êtres terrifiants qui se penchaient sur lui, le prenaient pour le dévorer… Et puis les voix. Il était enivré de paroles.

Était-il éveillé ? Il avait l'impression que le cauchemar continuait.

Pourquoi était-il nu ?

Où était-il ?

À l'hôpital ?

Il était relié par un enchevêtrement de fils et de tuyaux à tout un appareillage étrange d'écrans et de diodes. La lumière était douce. Oui, il se rappelait maintenant : la jungle, le voyage dans le temps, la station, les autres membres de l'équipe, les deux jeunes techniciens… le char, le bruit… les voix, oui, surtout les voix.

Aurore, sa compagne… Il fit un effort pour retrouver les visages, les noms : François, le psychologue de Strasbourg, Olof, Philippe…

Mais pourquoi était-il nu ? Où était-il ? Dans quel hôpital ? Dans quelle ville ? Que s'était-il passé ? Un accident pendant le voyage de retour ? Oui, c'était ça, il y avait eu un problème de temps et cela avait terriblement inquiété Li… Et les autres, tous les autres, qu'étaient-ils devenus ? Ils avaient dû être bougrement secoués… Et s'ils n'avaient pas réussi à retourner en 2075 ? S'ils avaient échoué dans une autre époque ? Une erreur de dix, vingt ans ou plus peut-être ? Pourquoi pas cent ans ou même deux mille ans ? Cela expliquerait cet étrange matériel inconnu au XXIe siècle. Li avait évoqué ce risque… Non, c'était trop… Il voulait savoir, il voulait comprendre. Où était-il ? Quand était-il ?

Il se sentait pourtant tout à fait bien. Ce qui le gênait le plus, c'était cette nudité. Il n'avait pas de drap et était exposé à la vue de tous. Ses membres fonctionnaient à merveille, il ne ressentait aucune douleur. Le problème, c'étaient ces voix dans sa tête. Il avait l'impression qu'on voulait explorer son cerveau. Il était comme plongé dans une sorte de sommeil hypnotique. Il avait envie de hurler, de se débattre, d'arracher tous ces tuyaux qui le connectaient à cette machine qui lui volait son intimité.

Il se rendormit profondément, puis de nouveau les voix se firent entendre. Elles étaient douces et apaisantes, mais il ne saisissait pas très bien ce qu'elles voulaient lui dire. Ce n'étaient plus des images ou des sensations qu'il recevait, mais des mots, une avalanche de mots. Chaque fois qu'il se réveillait, il se sentait vidé, comme si pendant son sommeil il avait fait un effort intense. Il vivait une alternance d'états de veille et de sommeil qu'il ne distinguait plus très bien les uns des autres. Il ne savait plus si les voix faisaient partie de son rêve ou de la réalité. Il percevait confusément qu'on voulait quelque chose de lui, mais quoi ?

Cette fois, il lui sembla que la voix était extérieure à lui-même, qu'elle avait du volume, du relief, de la consistance, elle emplissait la chambre. Pourtant, il n'y avait personne.

C'était une voix synthétique.

Et si on le voyait ? On l'observait peut-être… Il était obsédé par sa nudité… Dans un hôpital, on donne des vêtements… à moins que, par mesure d'hygiène… et puis de toute façon… il ne comprenait plus rien, il avait perdu tous ses repères. Il ne savait plus… Il se sentait devenir fou.

Tout cet environnement technologique l'impressionnait d'autant plus qu'il semblait un peu trop vaste pour lui, comme si ceux pour qui il avait été conçu étaient plus grands que les hommes du XXIe siècle. Dans quelle époque du futur la navette l'avait-elle amené ?

« Bonjour, Marc ! Nous sommes des amis ! Votre état de santé est des plus satisfaisants ! »

Le propos était apaisant, mais la voix étrange l'inquiéta.

« Vous pourrez bientôt sortir d'ici... Vous êtes complètement libre de vos mouvements...

« Vous n'avez rien à craindre, vos compagnons sont également en parfaite santé physique et morale...

« Vous pouvez dialoguer avec nous, nous poser des questions, nous demander de la nourriture... Mais, pour ne pas vous choquer, nous ne voulons pas nous montrer à vous...

« Nous devons d'abord vous expliquer beaucoup de choses. »

Entre chaque phrase s'écoulait un court moment, puis l'étrange voix reprenait. Cette fois, ce n'était plus un rêve. Malgré son aspect mécanique, artificiel, la voix était bien réelle.

« Pendant votre sommeil, nous avons analysé et décrypté votre langage afin de pouvoir charger notre ordinateur des données captées dans votre cerveau.

« Comme vous, nous parlons une langue

articulée. Mais vous la trouverez très étrange, très différente. C'est grâce à une machine que nous pourrons communiquer.

«Nous avons une intelligence et une sensibilité qui ne sont pas très éloignées des vôtres. Nous avons étudié le fonctionnement de votre cerveau, il est très semblable au nôtre. Nous pensons que vous n'aurez aucune hostilité à notre égard. Mais c'est assez d'informations pour aujourd'hui. Nous allons vous replonger dans le sommeil. Au revoir, Marc, reposez-vous bien!»

Il délirait, il était en plein cauchemar! Non, pas vraiment. Il n'avait pas peur, il se sentait plutôt en confiance. Mais tout cela ne lui indiquait pas où il était, ni en quelle année il était tombé. Tout ce qu'il pouvait dire, c'est qu'il se trouvait en face d'êtres généreux, maîtrisant des techniques de pointe qu'il ne connaissait pas... Ils étaient probablement repartis dans le futur, sauvés par des êtres maîtrisant beaucoup mieux qu'eux les voyages dans le temps et les techniques de communication... Mais alors pourquoi? Comment? Il avait tant de questions à poser ! Il voulait parler, dire quelque chose, mais il sentit le sommeil le reprendre.

À son réveil, la voix synthétique lui souhaita le bonjour, elle était plus humaine, moins saccadée et surtout il n'y avait plus ces étranges temps morts. Les tournures de phrases étaient plus légères, plus liées.

« Bonjour, Marc ! Bien dormi, j'espère ! J'ai mis à profit ton sommeil pour parfaire ma connaissance de ta langue. Je suis un ordinateur linguistique surpuissant. Ici, il ne faudra t'étonner de rien. Tu vas découvrir des choses impensables qui vont te troubler. Ta venue a, elle aussi, beaucoup troublé les êtres qui vivent dans cette cité. Ils sont très doux et très sensibles. Si je ne me fais pas bien comprendre, n'hésite pas à m'interrompre et à m'interroger. »

Marc s'habituait au son de la voix artificielle. Il se sentait pleinement en sécurité, mais pourquoi tant de précautions ? Quel était le secret de ceux qui l'avaient sauvé ? Pourquoi ne voulaient-ils pas se montrer à lui ?

La voix reprit :

« Les êtres qui t'ont sauvé sont à la fois très semblables et très différents de toi. Leur intelligence leur a permis d'élaborer une civilisation hautement scientifique, comparable à la tienne. Regarde autour de toi tous les appareils qui t'entourent. Ils sont aussi très différents de ce que tu nous as appris de ton monde. »

Il lui sembla que la voix hésitait à lui confier son secret, à aller plus loin.

« Regarde sur cet écran, tu vas voir apparaître quelques-unes de nos réalisations. »

Il vit défiler les images d'une cité étrange et indéfinissable, aux allures plutôt futuristes, émergeant de la forêt. Elle était imbriquée dans la végétation, en symbiose avec elle. L'eau était partout présente. Les édifices, de conception très moderne, ne paraissaient pas gigantesques.

Il visita un site qui ressemblait à une centrale nucléaire, puis ce qui devait être une crèche.

De larges avenues, où circulait un flot de petits véhicules très rapides sans roues, serpentaient à travers la cité et semblaient disparaître dans un dédale de petits chemins. Il fut vite agacé de ne voir que des bâtiments, une cité vide d'habitants. De petits rectangles blancs se promenaient parfois sur l'écran et Marc comprit rapidement qu'ils masquaient ceux qu'on ne voulait pas lui montrer.

« Bien, tu en as assez vu. Il est temps de te révéler notre véritable nature : nous sommes des êtres à sang froid, les descendants des reptiles, des dinosaures. En fait, nous sommes le chaînon supérieur des animaux à sang froid, de la même manière que vous, les hommes, vous êtes le chaînon supérieur des animaux à sang chaud. Comme vous, nous marchons debout, comme vous, nous avons une main pourvue d'un doigt hypermobile. Comme vous, nous savons réaliser avec nos mains ce que notre cerveau a su imaginer. Nous allons te dévoiler notre visage, mais ne te fie pas aux apparences, n'oublie pas que nous avons en commun une intelligence et une sensibilité très proches. »

Sur ces mots, une grande ombre, accompagnée de deux autres plus petites, pénétra dans la chambre et s'approcha. Un visage écailleux se pencha sur lui.

Malgré les précautions prises, Marc hurla de terreur.

« Bonjour, Marc, j'espère que le choc ne vous est pas trop dur ? Nous avons essayé de vous y préparer de notre mieux... Racontez-nous votre voyage, votre monde... Si vous l'acceptez, vous serez notre invité pour quelques jours. Nous irons à la rencontre de vos compagnons de voyage. Ils ont été follement inquiets de votre disparition. »

Voyant que c'était trop pour un premier contact, les créatures décidèrent de replonger Marc dans un profond sommeil réparateur.

8. Prisonniers de l'onde

Quand il se réveilla, François Bernhard, le psychologue, découvrit Aurore endormie à son pupitre radio. Il constata avec surprise que l'équipage n'était plus oppressé, toute forme d'angoisse avait disparu. Par contre, tous ressentaient une grande fatigue. Ils avaient eu une nuit agitée, peuplée de rêves et d'images bizarres. Il leur en restait des sensations étranges et indéfinissables, une impression d'apaisement. En vérifiant le temps réel, ils s'avisèrent qu'ils avaient dormi plus de quarante-huit heures.

Aurore se réveilla à son tour. Elle aussi

se sentait plus calme. Elle fit un effort pour se souvenir de ses rêves, mais n'y parvint pas. Elle avait le souvenir de sensations très douces, mais ne trouvait pas les mots pour les traduire, les expliquer. C'était comme si elle flottait dans une lumière pastel, peuplée d'images, de voix, mais pas de mots… Oui, c'était ça, des voix sans mots… Elle éprouvait une sorte de paresse. Mais il n'était pas question de se laisser aller, il fallait recommencer à émettre, renouer le dialogue avec les « autres ».

Rien à faire, elle avait beau tourner et retourner ses antennes, c'était le silence total. Un silence désespérant. Pourtant, elle n'avait pas vraiment rêvé cette nuit. Il s'était passé quelque chose. Pourquoi s'était-elle endormie ? Pourquoi n'avait-elle pas eu la force de brancher son système de veille artificielle ? Elle se reprochait son manque de volonté… Mais c'était aussi la faute de ses compagnons, qui n'avaient pas su rester avec elle.

Les bienfaits de la nuit s'estompaient. L'angoisse et l'agressivité reprenaient le dessus. La tension montait. Les reproches fusaient de part et d'autre. Il fallut toute l'habileté de François Bernhard pour éviter que la situation ne dégénère.

Après les espoirs d'hier, le silence des « autres » était exaspérant. L'équipage avait eu l'impression que quelque part quelqu'un les entendait. Maintenant, plus rien. Il se sentait de nouveau abandonné. Il en voulait à Aurore d'avoir fait naître en lui de fausses espérances.

Rien ! Toujours rien ! Tous guettaient le moindre signe. Le passage d'un engin aurait suffi à les rassurer.

À la tombée de la nuit, le silence fut enfin rompu, mais ce n'était pas la fréquence habituelle… C'était comme une onde, un bourdonnement qui peu à peu emplissait la station et entrait en eux. Une présence étrangère qui les pénétrait, quelque chose qui inhibait leur volonté. Ils comprirent très vite qu'ils étaient prisonniers de l'onde. Ils ne luttèrent même pas contre cette impression désagréable et se laissèrent envahir sans résistance.

9. Les hommes-lézards

Ce premier contact avec les hommes-lézards, malgré toutes les précautions qu'ils avaient prises, fut un choc épouvantable pour Marc. Les humanoïdes à sang froid s'en doutaient bien. Cela l'avait été pour eux aussi quand ils avaient découvert les hommes. Pourtant, ils n'avaient pas hésité à leur venir en aide.

Ils avaient développé toutes leurs facultés de communication par transmission de pensée, en passant directement par des sensations ou des images, sans avoir recours au langage parlé. Cela leur avait permis de saisir tout de suite à quelle sorte d'êtres ils avaient affaire.

Marc replongé dans le sommeil, ils reprirent avec patience leurs explications. Mais le choc avait été trop fort, il délirait, cauchemardait. Ils devaient tout reprendre à zéro, explorer plus profondément son cerveau pour mieux comprendre sa terreur. L'action psychologique ne suffisait pas, il fallait employer une méthode plus efficace à base de drogues puissantes, mais ils hésitaient, ne sachant pas trop comment son organisme réagirait.

Dans son sommeil, Marc s'inquiétait pour Aurore. Comment réagirait celle qu'il aimait face à une telle rencontre? Cette attitude et ce sentiment inconnus rendaient les hommes-lézards perplexes.

Plusieurs fois encore ils réveillèrent Marc, lui apparurent de courts instants et le replongèrent dans le sommeil. Petit à petit, sa frayeur s'estompait, il se faisait à l'idée de cette «humanité» différente de la sienne. Il était prêt à se réveiller dans ce nouvel univers, mais ses hôtes prirent la précaution de le plonger dans un environnement plus agréable qu'une chambre d'hôpital.

Quand il reprit conscience, il était au côté de Cyril et d'Alexis dans un magnifique parc floral. Les jumeaux paraissaient déjà à l'aise dans ce monde.

— Quand je me suis réveillé, leurs gueules de lézards, ça m'a foutu une de ces trouilles !... Un vrai film d'épouvante.

— N'empêche que sans eux je me demande où on serait maintenant ! Digérés par la forêt ? Transformés en engrais azoté pour maxi-plantes vertes !

— Eux aussi, remarque, ils ont dû paniquer en nous voyant... Imagine un peu, chez nous, dans le jardin du père, tout un troupeau d'êtres bizarroïdes débarquant un beau jour : « Salut ! Ça va ? On vient voir comment vous vivez ! Ça ne vous dérange pas trop qu'on filme ? » Je sais pas comment on aurait réagi. Il y a sûrement des dingues qui auraient eu envie de les disséquer, comme ça, juste pour voir, pour l'intérêt de la science.

— Au début j'y croyais pas, j'avais l'impression que c'était des extraterrestres.

— T'as vu leurs peintures de guerre ?

— Je trouve ça beau, et puis c'est super : quand t'en as marre, une bonne douche et on recommence tout… Il y en a qui sont magnifiques.

— Tiens, regarde celle-là !

— Tu parles d'un boulot !

— Je me demande combien de temps ils mettent pour réaliser de semblables œuvres d'art.

Ce qu'exprimaient les jumeaux dans leur langage coloré était plein de bon sens.

Marc comprenait mieux. Maintenant tout s'expliquait, mais il avait encore du mal à saisir la portée profonde de ce qu'il venait d'entendre, de voir. Quelle leçon d'humilité, de sagesse ! Quelle admirable délicatesse, surtout, que celle de ces êtres qui ne dévoilaient que lentement leur identité pour ne pas risquer de choquer un être différent d'eux ! Comment auraient réagi dans la même situation les hommes civilisés du XXIe siècle ? Il n'éprouvait plus aucune crainte. Il n'avait qu'une seule envie : mieux connaître, mieux comprendre ces êtres qui lui avaient sauvé la vie. Il craignait d'avoir pu les froisser par son comportement, se trouvait stupide et prétentieux.

Il réalisait combien il lui faudrait encore faire d'efforts pour rencontrer leur civilisation. Il n'était pas encore tout à fait prêt et appréhendait ses réactions. Il avait tellement de choses à pénétrer, à comprendre, à admettre, sans porter de jugements *a priori*.

Les humanosaures marchaient debout, ils étaient plus grands que les hommes, mais pas gigantesques. Ils mesuraient dans les 2 mètres, 2,40 mètres. Leur tête ressemblait un peu à celle du lézard, mais plus aplatie et plus ronde. Ils étaient couverts d'écailles. Leur pigmentation tirait sur le marron ou était carrément inexistante. Bien que semblables à ceux des reptiles à la pupille verticale, leurs yeux pouvaient exprimer différents sentiments. Leur voix naturelle était une sorte de chuintement. Ils ne portaient pas de vêtements et peignaient leur corps de formes et de couleurs baroques.

Ils laissaient les trois hommes découvrir petit à petit le monde qui les entourait, se bornant à répondre à leurs questions.

Malgré tous ses efforts, Marc ne parvenait pas à vaincre ses réticences à l'égard des humanoïdes du secondaire. Si, intellectuellement, il se sentait très proche d'eux, il n'arrivait pas à accepter leur aspect. Ses sentiments à leur égard étaient ambigus. Il avait à la fois envie d'en savoir davantage sur eux, d'essayer de communiquer, et en même temps envie de les fuir, de les oublier. Il éprouvait pour eux à la fois attirance et répulsion.

10. Carnet de voyage

Je suis content d'avoir retrouvé mon carnet et mon stylo. Il me semble que, grâce à eux, je vais y voir un peu plus clair. Ça me fait du bien de poser les mots sur le papier, ça m'aide à réfléchir. Ce stylo dans ma main est ici tout ce qui me rattache à notre monde.

Je ne sais plus où j'en suis. J'ai complètement perdu la notion du temps. Je me demande si je ne suis pas encore sous hypnose, si je ne suis pas en train de devenir fou. Tout ce que je vois et entends est tellement inattendu. J'ai l'impression que je vis dans un cauchemar et que je vais me réveiller tranquillement, chez moi, et que toute cette histoire de voyage dans le passé n'a jamais existé. Je n'ai plus notion de la réalité.

Pourtant, tout autour de moi est bien réel : l'extrême gentillesse de ces êtres, leurs cités, leurs usines, l'incroyable raffinement de leur culture. Mais leur aspect physique est terrifiant… Non, pas terrifiant…, plus maintenant du moins, mais, disons, tellement loin de tout entendement. Ils sont capables d'une telle délicatesse que, par moments, j'ai honte de moi, de mes réticences à aller vers eux, j'ai peur de les froisser.

Cyril et Alex sont bien plus décontractés. Sans doute se posent-il moins de questions, à moins que ce ne soit moi qui m'en pose trop, qui manque de naturel. Rien ne paraît les étonner, ils reçoivent tout ça avec beaucoup plus de simplicité. Avec leurs réflexions et leur humour de grands adolescents, on dirait qu'ils sont entrés naturellement dans un scénario de dessin animé.

Écrire me fait du bien. Mon angoisse se vide au fil des mots.

Il y a plusieurs jours que j'ai délaissé mon carnet. C'est signe que cela va mieux si je n'ai pas toujours besoin de me rattacher à ce petit bout de réalité du XXIe siècle. Plus je les connais, plus je trouve que ces êtres sont vraiment adorables. Je crois que je commence à m'habituer à leur apparence. Je les distingue les uns des autres, je recherche leur présence. J'arrive à lire leurs sentiments dans leur regard et sur leur visage. Ils ne sont pas si différents de nous. Je me suis lié d'amitié avec Laurier, le « médecin » qui m'a pris en charge à l'hôpital. Le terme de médecin n'est pas tout à fait exact, on devrait plutôt dire le « soigneur ». La notion de soins est ici très importante. Dans la société des humanosaures, le médecin n'est pas simplement celui qui établit un diagnostic et fait une ordonnance, il a un rôle actif dans la guérison du malade, qui passe autant par l'action des médicaments que par une relation d'amitié.

Laurier est un être ouvert, curieux de tout. Il est heureux de faire découvrir sa cité à des êtres d'un autre système. En même temps, il a envie de connaître et de comprendre le monde d'où nous venons. Il pose beaucoup de questions sur les reptiles et envisage mal que sa civilisation puisse disparaître complètement sans laisser la moindre trace. Que les reptiles de notre époque soient des animaux sans intelligence le chagrine particulièrement.

Il est fasciné par le rôle des femmes portant leurs enfants dans le ventre pendant neuf mois, et il y revient sans cesse.

Il demande aussi des détails sur la constitution et la vie des mammifères marins et des chauves-souris.

Contrairement à la nôtre, leur société n'est pas basée sur la famille ou le couple. Ils sont ovipares. Les œufs, pondus par les individus de sexe féminin dans une sorte de clinique réservée à cet effet, sont ensuite fécondés par les mâles, c'est là une sorte de devoir civique. Ainsi fécondés, ils sont pris en charge par la société qui veille à leur éclo-

sion et à l'éducation des petits. De ce fait même, la famille n'existe pas plus que l'idée de couple ou d'amour charnel. Les individus n'ont pas de rapports sexuels directs. Mais tout cela n'empêche pas que les êtres puissent avoir une attirance les uns pour les autres.

Maintenant j'identifie mon interlocuteur au son de sa voix. Bien sûr, je ne comprends rien sans l'aide de l'appareil de traduction simultanée, mais je reconnais le timbre des différentes voix.

Demain ils doivent m'emmener à un spectacle, ou plutôt à ce qui est pour eux l'équivalent d'un concert. J'ai hâte de savoir si je serai réceptif à cette forme de communication.

Au moment où Marc écrivait ces mots, Aurore émergeait d'une espèce de coma sans l'ombre d'un souvenir. Ne ressentant pas la moindre sensation, même lointaine, même estompée, elle n'avait plus conscience de son environnement, ignorant ses compagnons, accomplissant les gestes les plus simples tel un automate.

Petit à petit, les autres refirent surface. Ils avaient l'impression de se retrouver au paradis terrestre, au milieu d'une nature luxuriante et bienveillante. Ils déambulèrent longtemps, la tête vide, sans même se reconnaître. Ils semblaient n'avoir plus aucun souvenir.

François frôla Olof, le considéra d'un drôle d'air. Olof le reconnut. C'est alors que se déroula une scène bizarre : les membres de l'équipage s'appelaient, s'interpellaient, se regardaient, se reconnaissaient, se touchaient. Quand ils comprirent qu'ils étaient nus, ils eurent un moment de frayeur, de gêne et d'incrédulité.

11. Le langage de l'art

Le concert avait lieu dans une grande salle sans sièges, en amphithéâtre, ressemblant à un jardin intérieur parsemé de magnifiques jeux d'eaux colorées et parfumées. Chacun s'installait à sa guise. Pour l'occasion, Marc s'était fait faire une peinture de fête dans le style des humanosaures. Il avait choisi une sorte de feuillage, dans des tons dégradés allant du bleu turquoise au mauve.

Les peintures de soirée étaient le plus souvent extravagantes. Certaines exigeaient plusieurs heures de préparation. Cyril et Alexis, eux aussi, s'étaient mis à la mode des hommes à sang froid. Il régnait dans la salle une atmosphère très chaleureuse, très conviviale, et chacun avait à cœur de venir saluer les hommes-mammifères, mais sans l'ombre d'une curiosité malsaine. Ils étaient à l'aise, oubliant l'étrangeté de la situation.

Les musiciens étaient accompagnés de danseurs représentant les différents animaux de la jungle. Un groupe d'acrobates juchés sur des échasses mimaient les grands dinosaures, maintenant en voie de disparition. Beaucoup plus souples que les humains, ils accomplissaient des sauts extraordinaires sur leurs échasses, se contorsionnaient dans tous les sens et prenaient des postures effrayantes. Les formes se faisaient et se défaisaient au rythme de la musique. Un autre groupe de danseurs rampaient entre les pattes des géants, qui tombaient et finissaient par disparaître sous un immense voile symbolisant l'extinction de l'espèce. Il se dégageait de cette scène une émotion qui envahit Marc et ses compagnons. Enfin, par la seule force de l'art, il communiquait réellement avec les humanosaures, par-dessus les barrières du langage. Des larmes lui montèrent aux yeux.

À la sortie du concert, ils se retrouvèrent dans une sorte de bain public, où tous discutaient à bâtons rompus en dégustant une boisson liquoreuse, à base de sirop de fleurs. L'eau des multiples bassins était parfumée et colorée d'extraits de plantes.

— Donc vous avez pris notre place, répéta Laurier, songeur, pour la énième fois.

Il avait du mal à y croire.

L'extinction soudaine et inexpliquée des dinosaures ne l'étonnait pas vraiment. C'est ainsi qu'il apprit à Marc que les grands dinosaures avaient déjà presque entièrement disparu. À la suite d'un changement climatique, la végétation s'était transformée et les immenses plantes qui étaient la base de leur alimentation s'étaient rabougries. La survie de grands dinosaures, inadaptés aux conditions de vie actuelle, n'était qu'une sorte d'exploit scientifique que Laurier désapprouvait complètement. Il lui semblait odieux de maintenir une espèce en vie presque artificiellement, uniquement pour satisfaire la curiosité de ses congénères.

— Vous rendez-vous compte de la quantité de nourriture que doit ingurgiter chaque jour un monstre de cinquante mètres de long et de plus de douze mètres de haut ?

C'était pour lui une aberration écologique. Il expliqua que presque personne n'osait s'aventurer dans la forêt, qu'elle était dangereuse et qu'il y avait autour d'elle beaucoup de mythes et de légendes.

À ce propos, une question l'obsédait. Comment les hommes de notre ère, qui n'avaient pas connu les grands dinosaures, avaient-ils pu les faire resurgir de leur imaginaire sous la forme de dragons légendaires ?

Cette question le passionnait. Il n'arrêtait pas de construire et de démolir des systèmes, de les organiser, puis, par simple jeu, avançait les hypothèses contraires, remettant complètement en cause ce qu'il avait élaboré quelques instants plus tôt.

Il assaillait Marc et ses compagnons de questions, de remarques. Tant qu'il n'avait pas compris quelque chose, il était insatiable. Il ne cessait de parler, ou plutôt de réfléchir à haute voix, de comparer son monde à celui des hommes.

En revenant de cette soirée, Marc éprouva le besoin de s'isoler pour faire le point. Il jeta quelques notes sur son « cher carnet ».

Ce spectacle m'a coupé le souffle. Les humanosaures ont des talents artistiques très développés qui font appel à tous les sens. Jamais je n'ai ressenti une telle émotion en assistant à un spectacle.

S'ils vivent nus sans le moindre sentiment d'impudeur, en revanche, ils se cachent pour manger. Il est vrai qu'étant herbivores ils doivent ingurgiter pour subvenir à leurs besoins vitaux une quantité impressionnante de nourriture. Il ont été très choqués d'apprendre que nous mangions de la chair et trouvent cela répugnant. Pour eux, seuls les animaux se nourrissent de chair.

Ils pratiquent beaucoup d'activités ensemble, que nous pourrions comparer à du sport, mais sans esprit de compétition, surtout des activités aquatiques.

Nous abordons librement toutes sortes de sujets. Leur esprit est plus souple que le nôtre, rien ne semble les étonner, ils ont sûrement un pouvoir d'imagination plus vif que les humains et une intelligence bien supérieure à la nôtre.

Laurier me fatigue, me soûle. Il arrive à m'embrouiller avec ses questions. J'ai du mal à suivre ses raisonnements. Le plus surprenant chez lui est cette forme de transmission de pensée qui le fait devancer votre question et y répondre avant même que vous l'ayez formulée, ce qui parfois devient agaçant.

Demain, il nous propose d'aller visiter le Centre de recherche génétique. Il prend des airs mystérieux. Par moments, il est un peu cabotin.

12. De surprise en surprise !

Marc s'inquiétait pour les autres, il lui fallait absolument trouver un moyen de communiquer avec eux. Il ne savait même pas où ils étaient… Étaient-ils loin ou tout près ?

— Dites, Laurier, il faut que j'arrive à contacter l'équipe de la station. Nous avons énormément de choses à leur dire, vous vous en doutez. Ils doivent être terriblement inquiets de notre disparition.

— Ne vous en faites pas pour vos compagnons, nous sommes entrés en relation avec eux par sommeil hypnotique. Ça a été très facile grâce à tout ce que nous avons pu apprendre de vous. Vous devez les rencontrer aujourd'hui même.

— Comment ça ? Vous parlez bien de l'équipage de la station ? Ils sont ici ?

— Oui. Grâce à Aurore.

— Aurore ! C'est ma compagne.

— Une femme formidable, cette Aurore ! Les signaux qu'elle a émis en permanence pendant vingt-quatre heures nous ont permis de prendre contact avec les membres de votre mission.

C'est avec le plus grand naturel qu'ils se déplaçaient maintenant à travers la cité, le corps peint à la mode des humanosaures. À chaque instant une nouvelle découverte les attendait, entraînant un flot de questions auxquelles Laurier répondait avec beaucoup de spontanéité, les questions de Marc entraînant les siennes.

La circulation s'effectuait par de larges avenues cachées sous une végétation luxuriante. Seuls des moyens de transport collectifs ou individuels, mis à la disposition de tous, empruntaient ces voies. Pour le reste, c'était un enchevêtrement de petits sentiers pédestres très bien entretenus, qui se perdaient au milieu des fleurs odorantes.

C'était une belle matinée, tiède et ensoleillée.

Marc, Cyril et Alexis étaient heureux à l'idée de retrouver leurs compagnons, curieux de voir comment ils appréhendaient cette civilisation, comment ils avaient subi le choc en découvrant les humanosaures.

La cité se composait de bâtiments publics à l'architecture moderne, construits à l'aide de matériaux divers. Noyés dans la végétation, ils contrastaient avec les habitations individuelles, faites de bambou et de lianes tressées, flottant sur la lagune sans organisation apparente, mais selon une volonté très poussée d'harmonie avec la nature. Pas une fausse note dans cette anarchie apparente.

— Quand j'étais gamin, je rêvais d'être Tarzan, disait Cyril. J'ai l'impression d'avoir rejoint mon rêve de gosse. Les maisons de bambou, moi, ça me branche ! Je resterais bien ! C'est super, ici.

— Sans compter que les gens sont sympas, poursuivait son jumeau, si tu arrives à faire abstraction de leur gueule en sac de croco.

— Au début, c'était terrible. J'en avais des cauchemars. Ils me fichaient froid dans le dos. Puis j'ai fini par m'y habituer. C'est drôle, mais leur tête de lézard ne me dérange plus, je n'y fais plus attention. Ils sont généreux. Ils prennent la vie du bon côté. C'est ça qui compte, non ?

— Ah ça ! tu peux le dire ! Ils sont toujours dans l'eau.

— Pour moi, ce climat, la lagune, l'eau chaude, c'est le paradis terrestre.

— Ouais ! Mais côté nanas, c'est pas terrible ! Moi, les minettes écailleuses, c'est pas mon style !

Et ils éclatèrent de leur grand rire adolescent.

Laurier écoutait les commentaires des jumeaux avec un sourire indulgent.

— Excusez-les, ce sont de vrais gamins, dit Marc, craignant que leurs paroles ne blessent son nouvel ami.

— Ils expriment à leur façon leurs

impressions et leurs sentiments… Il m'intéresse beaucoup de voir et de comprendre les différents comportements.

La maison commune, construite en matériaux légers, se situait au bord de la lagune, à mi-chemin entre les bâtiments collectifs et les habitations individuelles, au milieu du parc floral attenant au jardin botanique du Centre de recherche génétique, faisant en quelque sorte la transition entre les deux types de construction. C'est là qu'était hébergé l'équipage de la mission intertemporelle après son réveil dans le parc floral.

— Ici, expliqua Laurier, les habitations, contrairement aux vôtres, ne sont pas faites pour durer, pour être transmises par héritage à une famille qui n'existe pas. Nos maisons, je dirais plutôt nos huttes, ne sont qu'un lieu où s'abriter, où l'on peut s'isoler, rien d'autre. Nous n'avons pas, comme vous, le sens de… comment dites-vous… Avoir ? Posséder ?

— Le sens de la propriété ? dit Marc.

— Oui, c'est ça: le sens de la propriété. Nous ne possédons pas ou très peu d'objets personnels, juste quelques objets d'art, des bijoux…

— Je comprends. En fait, ces abris vous servent surtout pour dormir.

— Pas seulement. Pour manger aussi. Comme vous avez pu le remarquer, nous ne mangeons pas ensemble. Et puis nous dormons souvent à la belle étoile. Nous avons une forme de vie collective, mais nous restons profondément individualistes, chacun ayant un grand respect de l'autre et de la collectivité.

Marc était surpris de la différence entre les bâtiments publics et les habitations individuelles. Laurier ressentit son étonnement.

— Notre architecture vous déroute?

— Complètement. Et votre mode de vie plus encore.

— Notre système politique est basé sur la responsabilité et le respect. Nous l'avons élaboré au cours des siècles. C'est un équilibre entre un fort individualisme qui ne tombe jamais dans l'égoïsme et le sens de la collectivité, le goût pour la convivialité et le travail d'équipe. L'entraide et l'échange nous sont naturels, mais nous avons besoin de nous retrouver seuls au contact de la nature, pour nous y… comment dire… ressourcer ? C'est ça ?

— Sans doute. Je comprends mieux, dit Marc.

Il avait également observé que les humanosaures n'avaient pas la moindre notion d'argent. Il posa la question à son ami.

— Cela compte beaucoup dans votre monde, n'est-ce pas ? Chez nous, l'argent n'existe plus depuis longtemps. C'est sous le règne de Baobab VIII, il y a trois siècles, que nous avons abandonné la monnaie au profit d'un système de comptabilité électronique. Baobab VIII considérait que la circulation d'argent était une incitation au vol.

— Justement, reprit Marc. Quel est votre système de gouvernement ? Si j'ai bien compris, c'est une monarchie.

— Une monarchie semi-héréditaire.

— Semi-héréditaire ? Qu'entendez-vous par là ?

— C'est peut-être un peu difficile à comprendre pour vous. Je vous ai dit que la notion de famille n'existait pas chez nous. Ce n'est pas tout à fait exact. Il existe trois familles royales. Leurs œufs sont fécondés et couvés à part. Ils ont droit à des soins exceptionnels. Les enfants reçoivent une éducation particulière dans la perspective d'avoir un jour à gouverner.

— Trois familles royales ! Quand on connaît l'histoire de nos monarchies et les luttes entre les différentes branches...

— Mais non, c'est très simple. L'empereur est désigné par un vote entre deux candidats issus des familles régnantes. Le nouveau chef ne peut être choisi dans la famille du monarque disparu.

— Cela doit donner lieu à une effroyable course au pouvoir.

— Pas du tout.

— Mais si les membres d'une famille refusent de jouer le jeu et qu'ils confisquent le pouvoir ?

— Nous jouissons tous, collectivement, des richesses. Je saisis bien votre difficulté à comprendre notre système, il a été élaboré au cours des siècles par des êtres sages. Tout cela a, bien sûr, été facilité par notre climat particulièrement doux et par le fait que nous sommes assez peu nombreux. Dix-sept millions d'individus pour la planète, ce n'est pas considérable. Il est vrai que nous nous sommes fixés sur les zones tropicales et essentiellement sur ce que vous appelez le continent africain… Dans un lointain passé, nous avons frôlé la catastrophe au cours d'une guerre fratricide, mais nous avons eu la sagesse de réagir à temps et de nous fondre en un seul empire. Chez nous, comme vous avez pu vous en rendre compte, il existe différentes espèces, différentes races, mais nous n'avons plus de conflits depuis longtemps. Nos différences sont notre richesse.

Marc était songeur. Tout ce que lui expliquait Laurier lui paraissait invraisemblable… à moins… à moins d'une inimaginable et immense sagesse.

— Nous arrivons. Je crois que j'aperçois vos compagnons avec le professeur Philodendron, notre psychologue, entouré de ses étudiants. Tenez, pour en revenir à ce que nous disions tout à l'heure, Philodendron appartient à l'une des trois familles royales, ce qui ne l'empêche pas d'être professeur d'université.

13. Retrouvailles

Philodendron était en grande conversation avec François, son homologue humain. La petite troupe avait l'air tout à fait à l'aise et chacun était déjà peint à la mode locale.

Marc aperçut Aurore. Elle était superbe. Son corps, mis en valeur par une fresque végétale, semblait pris dans un entrelacs de lianes aux larges feuilles dans des tons de bleus métallisés qui soulignaient la couleur de ses yeux.

Elle se blottit dans ses bras. Ils restèrent ainsi un long moment enlacés et silencieux sous les regards étonnés et curieux de Laurier et des humanosaures qui les entouraient.

Lorsque Aurore prit enfin la parole, ce fut pour dire à Marc l'angoisse provoquée à la station par leur disparition.

— L'atmosphère était invivable, chacun reprochait à l'autre de n'avoir pas su faire le nécessaire pour vous récupérer.

— Heureusement que François était là, dit Olof, sinon on en serait sûrement venus aux mains.

— Alors, comment me trouves-tu en déesse de la jungle ? demanda Aurore à Marc. Je crois que je vais adopter cette mode ! Qu'en penses-tu ? Tu me vois comme ça à Paris pour le prochain congrès ?

— Joli couple, dit Cyril. Belle tenue de camouflage pour un congrès de forestiers en Amazonie. À Paris ce serait moins discret, mais vous auriez de beaux articles dans la presse...

— Ces gens sont formidables, remarqua Aurore, et cette civilisation est extraordinaire. Te souviens-tu, Marc, de tes divagations lorsque tu inventais pour un scénario de dessin animé des histoires d'hommes-reptiles ? Eh bien, mon doux rêveur, tu n'étais pas si loin que ça de la vérité !

— Va donc comprendre ! Ça, c'est de la télépathie intertemporelle, dit Marc, mi-sérieux, mi-rieur.

— Je ne sais pas si je pourrai revenir chez nous, dans notre monde de barbares, je vais demander à me faire naturaliser humasaurienne. Je dénicherai bien un poste de prof de futurologie ou de femme de ménage à l'université. C'est une bonne idée, non ?

Marc se rappela l'angoisse qu'il avait eue en se réveillant, nu, dans cette salle d'hôpital. Il s'étonnait du naturel avec lequel Aurore évoluait dans ce monde qu'il lui était complètement impossible d'imaginer quelques jours plus tôt. Une fois encore, Laurier devança ses questions.

— C'est grâce à l'étude de vos frayeurs que nous avons mieux réussi l'immersion de vos compagnons dans notre civilisation. Il est vrai que le réveil avait été un peu brusque pour vous. Et puis nous avons fait de rapides progrès dans les subtilités de votre langage. Tout cela aide beaucoup.

— Vous avez des facultés d'adaptation étonnantes, dit Marc, et des moyens de communication qui feraient rêver beaucoup de nos scientifiques…

— Vous aussi, vous nous faites rêver, répondit Laurier, pour d'autres raisons et d'une autre manière. Savez-vous que l'empereur tient tout particulièrement à vous honorer? Notre monarque actuel est issu de la plus ancienne dynastie. Il est descendant direct de Baobab Ier. Vous saurez plus tard quel lien étrange il y a entre le fondateur de l'empire et vous, voyageurs du futur. Vous comprendrez alors pourquoi il tient tant à vous rencontrer et fait préparer une séance de bains parfumés en votre honneur.

Les jumeaux, toujours aussi irrespectueux, commentèrent insolemment:

— Ouah! Parions qu'on va aller faire trempette avec le roi des crocodiles! Baobab… C'est le pote à Babar, le roi des éléphants... C'est encore mieux que dans les dessins animés... C'est drôle, il y a des vieux trucs comme ça qui me reviennent. Moi, quand j'étais tout môme, Babar, ça me faisait rêver. Aujourd'hui, la vieille dame au royaume des éléphants, c'est toi, mon vieux, c'est moi... Quand on racontera ça aux copains, ils ne voudront pas nous croire.

— Heureusement qu'il ne mange que des feuilles de palmier, ce Baobab, sinon on pourrait penser que c'est un piège, renchérit l'identique.

Tout d'un coup, Laurier prit l'air grave. Marc craignit qu'il ne soit froissé des propos irrévérencieux tenus par les jeunes techniciens.

Comme toujours, avant que Marc ait eu le temps de dire quoi que ce soit, son ami lui répondit :

— Non, ne vous inquiétez pas. Ce n'est pas cela... Mais c'est beaucoup plus grave. Je viens de recevoir une très mauvaise nouvelle du Centre d'étude spatiale. Il faut absolument que je vous dise : tout ce que vous nous racontez depuis quelques jours sur la disparition soudaine de notre espèce nous a terriblement bouleversés. Certains astronomes prévoient une fin terrible pour la planète. Pourtant, votre présence ici nous prouve qu'ils se trompent. Ils annoncent qu'un jour prochain, déviant de son orbite, le plus petit de nos deux satellites entrera en collision avec la Terre. Il se produira alors un choc terrible, pulvérisant notre planète.

— La Terre avait… heu!… a donc deux satellites? demanda Marc, interloqué.

Laurier réagit aussitôt:

— Pourquoi me posez-vous une telle question? Vous ne le saviez pas?

— À notre époque, elle n'en a qu'un: la Lune.

— Un seul? fit Laurier, laissant apparaître sa surprise. Tout cela est bien troublant… Je ne sais quoi vous dire. C'est encore trop tôt… (Après un long silence, il reprit:) Les calculs se précisent, il ne devrait plus y en avoir pour longtemps avant la collision finale, c'est une question de jours ou de semaines. Bien sûr, nous y sommes préparés depuis longtemps. Nous souhaiterions que nos savants montrent leurs calculs à ceux de votre équipe… S'il vous plaît, ne parlez de tout cela à personne encore, j'aime mieux être sûr.

Marc était sidéré par la sérénité de son ami. Comment pouvait-il discuter d'une chose aussi grave avec autant de calme ? Laurier répondit :

— Vous savez, il y a longtemps que nous vivons avec cette peur et nous y sommes habitués. Aujourd'hui, elle est seulement plus proche de nous, un peu plus vraie, c'est tout. Je suis inquiet, mais, bizarrement, votre présence me rassure. Une légende raconte qu'avec l'aide d'êtres venus d'ailleurs nous modifierons la course des planètes… Et maintenant vous êtes là, vous avez répondu à nos messages. Votre présence a quelque chose de sécurisant. Elle est pour nous la garantie de survie de la planète.

— Mais c'est quoi, cette histoire de messages ? demanda Marc, troublé.

— Depuis plusieurs mois nous envoyons

des messages dans l'espoir que des êtres d'une autre planète nous entendent et viennent à notre aide. C'est bien aléatoire. Cependant, vous avez reçu notre message…

Après un temps de silence, Laurier reprit :

— Si vous êtes d'accord, avant d'aller au Centre d'étude spatiale, je vous emmène au Centre de recherche génétique. Mon ami Sureau, qui en est le patron, a quelque chose à vous faire voir.

14. Un émouvant petit mammifère

Le Centre de recherche génétique se trouvait un peu à l'extérieur de la cité, au milieu d'un grand parc qui faisait également office de jardin botanique. Une partie ouverte au public comprenait une sorte de muséum d'histoire naturelle, un petit zoo, des salles reconstituant différentes époques de la vie terrestre grâce à des hologrammes animés, puis les locaux réservés aux étudiants et aux chercheurs. Plus loin, le Centre de recherche à proprement parler était, au dire de Laurier, une vieille bâtisse datant de plus d'un siècle. De formes très harmonieuses, elle était construite au milieu d'une pièce d'eau artificielle recouverte de végétation. C'est là que les attendait le professeur Sureau. Peu de monde était autorisé à y pénétrer et c'était vraiment une grande faveur qu'on leur accordait.

Le professeur Sureau était plus âgé que Laurier et n'appartenait sans doute pas à la même espèce que son ami. Il était un peu plus petit et plus foncé. Il avait surtout la peau beaucoup plus rugueuse, aux écailles plus larges. Son accueil fut très cordial. Marc l'avait déjà rencontré rapidement à la fin du concert où Laurier avait absolument voulu le lui présenter.

Il était très excité, lui aussi, par ce qu'il voulait montrer.

— Vous allez voir, répétait-il, entraînant Marc et ses compagnons.

Le local était lumineux et spacieux, très loin de l'idée que l'on peut se faire d'un laboratoire. Là encore, comme partout dans le monde des humanosaures, on évoluait au milieu des fontaines, des mares et des plantes aux fleurs éclatantes de couleurs.

Les animaux d'expérience vivaient dans des espèces de volières spacieuses, à la végétation luxuriante.

— Mes amis, dit-il, je vais vous présenter votre ancêtre. Un petit animal qui existe depuis déjà plusieurs millions d'années. Nous étudions de plus près son comportement. Ses possibilités d'adaptation à un environnement hostile sont extraordinaires, cela grâce à deux choses. Premièrement, son sang chaud, qui régule la température intérieure de son corps, quelle que soit celle de l'extérieur, et lui permet de résister à des écarts qui seraient fatals pour notre espèce. D'autre part, la femelle garde ses petits à l'intérieur d'elle-même, les protégeant de toute forme d'agression. Imaginez ce que deviendrait tout notre beau système d'écloserie en cas de catastrophe nous privant d'énergie… Ce serait la fin de notre espèce, de notre civilisation… Et je ne parle ici que de conditions physiques. Je n'évoque même pas les bouleversements psychologiques qu'un tel système de reproduction met en jeu. C'est en parlant de vous avec Laurier que j'ai compris l'importance de ces comportements : votre vie ensemble par couples de sexe différent, votre façon d'élever puis d'éduquer vos petits et enfin les liens très forts qui vous unissent à vos descendants… Votre arrivée dans notre monde nous a prouvé que les animaux carnivores à sang chaud étaient capables d'intelligence… L'étude du tube digestif de ces animaux est aussi très intéressante pour nous. Ils tirent le maximum d'énergie du minimum de nourriture, alors que nous, nous sommes obligés d'ingurgiter une quantité indécente de nourriture pour arriver au même résultat. Maintenant, avec les progrès de la recherche dans ce domaine et l'apparition de nourritures hyperconcentrées, cela va mieux. Cependant, nous sommes obligés de faire industriellement ce que le tube digestif de ces petits animaux réalise naturellement… Vous êtes la preuve future des théories que certains d'entre nous avancent.

— J'ai hâte de découvrir à quoi on ressemble, fit Cyril.

— J'imagine que nous n'allons pas être déçus du voyage, enchaîna Alex.

— Vous allez voir des choses plus extraordinaires encore, qui auront certainement une importance primordiale dans l'avenir, reprit le professeur. Venez avec moi. Pour toutes les raisons que je vous ai exposées, nous cherchons, mon équipe et moi, depuis maintenant plus de trente ans, le moyen de créer par mutation génétique des reptiles à sang chaud en croisant des reptiles inférieurs avec de petits animaux à sang chaud. Voici le résultat de nos travaux.

Il leur montra une sorte de poulet à écailles dont le seul aspect fit frémir Marc.

— Et maintenant la pintade à écailles ! Plus besoin de la plumer ! On n'arrête pas le progrès, commenta Alex.

— Nous avons également tenté d'implanter les caractères des mammifères sur d'autres animaux, mais les effets ne sont guère concluants et je suppose que vos jeunes collaborateurs vont s'en amuser plus encore.

Le professeur Sureau leur présenta une étrange bestiole à tête de crocodile.

— Comme vous pouvez le constater, c'est un mammifère, mais il pond des œufs. Nous n'avons pas encore réussi à créer un reptile avec tous les caractères des mammifères.

— Dis, t'as vu ça, Marc ? C'est cette espèce de professeur Nimbus qu'a inventé l'ornithorynque ! Tu parles d'un héritage… C'est le chaudron aux sorcières, ici, chuchota Alex, alors que son jumeau se tenait les côtes.

Marc leur fit signe de se taire. Mais il lui sembla que Sureau s'amusait de leurs réflexions, même s'il continuait de façon imperturbable son explication.

— Malgré toutes leurs facultés d'adaptation, les mammifères se développent très mal dans le milieu naturel. Ils n'arrivent pas à trouver une vraie place dans notre écosystème. Ils sont une proie facile pour les prédateurs, alors qu'à mon sens ils sont l'avenir de la vie. Ici, il y a des centaines d'espèces différentes, mais ils sont peu nombreux et fragiles. Presque tous ont une vie souterraine. Nous les protégeons. Cette fondation existe depuis plus de deux mille ans. C'est notre empereur Baobab IV qui l'a créée, pour la recherche, l'étude et le développement des mammifères.

— Vous, reptiles, vous avez créé une fondation pour le développement des mammifères, c'est incroyable !

— Non. La légende rapporte qu'un jour l'empereur Baobab Ier aurait trouvé lors d'une promenade en forêt l'un de ces petits êtres fragiles. Il l'aurait recueilli, apprivoisé et aurait eu un songe annonçant la destruction de notre monde, de notre espèce, et la survie de ces petits animaux. La légende rapporte encore qu'ils sauveraient notre planète de la catastrophe totale.

— Je commence à comprendre, dit Marc, très troublé.

— Vous saisissez à présent pourquoi votre venue nous a tant choqués, surtout qu'elle survient peu après les déclarations des astronomes annonçant l'entrée en collision avec notre satellite. Mais je ne vois pas pourquoi je vous raconte tout ça. Pour moi, jusqu'à ce jour, ce n'étaient que des légendes, des coïncidences. Et maintenant, tout ce que vous nous dites vient confirmer nos vieux mythes. Si, à votre époque, il n'existe plus qu'un seul satellite, avouez qu'il y a lieu d'être troublé. Mais, tenez, je vous avais promis de vous montrer votre ancêtre : le voici.

Sureau attrapa un petit mammifère poilu à la face plate, haut d'une trentaine de centimètres environ, qui se déplaçait sur ses deux pattes postérieures et possédait au bout de ses membres antérieurs une main très agile. Il ressemblait à un lémurien.

— Il est très fragile, reprit le professeur Sureau, mais doué d'une certaine forme d'intelligence ; il est capable de se servir d'un outil pour attraper sa nourriture.

Marc et ses compagnons restèrent sans voix devant le petit animal. Même les jumeaux, toujours prompts à faire des plaisanteries douteuses, perdus dans leurs pensées, remettaient subitement en cause tout ce qu'ils avaient pu apprendre sur les origines de l'homme.

Cette fois encore, Marc avait l'impression de ne plus comprendre, de recevoir un message trop fort. Le satellite qui allait percuter la Terre, cette civilisation qui allait disparaître et ce petit animal qu'il tenait dans ses bras... Non ! Non ! C'était fou, c'était un cauchemar. Il voulait qu'on le réveille. On ne joue pas avec le temps.

... Et cette légende de l'empereur Baobab ?

... Et si, justement, il fallait jouer avec le temps ?

15. Course contre la Lune

Il régnait au Centre d'étude spatiale une fébrilité intense ponctuée par le crépitement des imprimantes. Les pages de calculs se déroulaient à une vitesse vertigineuse. Marc n'avait jamais vu d'ordinateurs fonctionner à une telle cadence. Il y avait au moins une centaine de savants qui travaillaient en silence. Des courbes et des signes s'affichaient sur des écrans géants. Les résultats étaient immédiatement analysés et commentés par les services de presse de l'observatoire.

Le professeur Rosier (était-il mathématicien, astrophysicien ? difficile à déterminer) remit aux hommes un petit décodeur afin de leur permettre de vérifier les calculs des humanosaures.

Quelques instants suffirent à Chiva Detournay, l'informaticien, et à Laure Charbonet, la physicienne. Ils étaient formels : ces calculs étaient malheureusement rigoureusement exacts.

Tous étaient atterrés et perplexes à la fois. Une telle catastrophe aurait dû laisser des traces visibles à la surface de la Terre. D'autre part, la disparition du deuxième satellite de la planète tendait à prouver que celui-ci avait échappé à l'attraction terrestre pour se perdre dans le cosmos, la collision ne pouvant que provoquer l'éclatement pur et simple de la Terre.

Pour Marc, il n'y avait qu'une solution : la destruction artificielle du bolide, par une intervention « humaine ».

— Je ne suis pas de la partie, dit Marc, mais ne serait-il pas possible de faire exploser cet astre malveillant ? Disposez-vous d'armes nucléaires et de fusées assez puissantes pour essayer de détruire la masse qui nous menace?

— Il y a des centaines d'années que nous avons abandonné l'énergie atomique au profit de la géothermie, répondit Rosier d'un air las.

— Et les fusées? demanda Marc, qui s'impatientait devant le fatalisme des deux savants.

— Les fusées existent, mais elles ne sont pas prévues pour porter des charges atomiques. En fait, il n'y a pas de réel problème technique. Le risque majeur est l'explosion de la fusée et de sa charge au décollage.

— Mais… est-ce qu'il ne faut pas risquer le tout pour le tout?

Rosier regarda longuement Marc avant de répondre.

— Nous ne souhaitons pas y réfléchir. (Puis il se reprit et corrigea:) Enfin…, nous ne souhaitions pas… jusqu'à votre arrivée. Notre seule lutte a consisté jusqu'à présent à envoyer des messages en direction de l'univers.

— Votre arrivée nous a bouleversés, dit Laurier. Excusez-nous.

Après un long silence, Marc, qui ne pouvait se résigner à cette passivité, reprit :

— À vous de décider si vous voulez ou non courir ce risque. Reste le facteur temps. De combien de temps disposons-nous avant le cataclysme ?

— D'après les derniers calculs, un peu plus de vingt-cinq jours.

— Vingt-cinq jours ! Vingt-cinq jours ! répéta Marc. Que peut-on faire en vingt-cinq jours ? Et dans quel état sont les fusées ? Existe-t-il au moins une aire de lancement en état de fonctionner ? Et sinon, combien de temps faudrait-il pour en construire une ?

— Il existe bien une ancienne base que l'on pourrait, je pense, remettre en état avec un minimum de travaux. Tout est possible, il suffit d'y croire et de mobiliser les énergies. Mais veut-on encore y croire ? répondit Laurier.

Son regard laissait apparaître une grande lassitude.

— Mais on n'a pas le droit de ne pas essayer ! On ne peut pas attendre la catastrophe comme ça sans rien faire ! s'emporta Marc.

Laurier ne disait plus rien, il considérait Marc d'un air réprobateur, presque froid. Marc avait envie de hurler, de le frapper, de le faire sortir de son mutisme.

— Laurier ! Tu m'entends ? Merde ! Il faut faire quelque chose ! Il faut bouger !

C'était la première fois qu'il s'emportait, qu'il devenait grossier depuis son arrivée dans le monde des humanosaures. Et eux ? Connaissaient-ils la colère ? Marc n'avait jamais entendu de grossièretés dans leur langage, ni décelé la moindre trace d'irritation dans leur comportement.

Le grand reptile lui prit la main.

— Calme-toi, petit mammifère au sang chaud, ça ne sert à rien de s'emporter. Il nous reste vingt-cinq jours avant la collision et vingt-deux avant votre retour au xxie siècle, cela fait encore beaucoup d'heures à passer ensemble pour mieux se connaître et se comprendre, beaucoup de temps à échanger, beaucoup de joies, beaucoup de travail et de fatigue. Ne gaspille pas tes forces pour rien. Ce soir il y a réception en votre honneur, ensuite nous verrons. Tu sais, il y a longtemps que nous avons envisagé de détruire le satellite, mais rien n'est décidé et les modalités de mise en place du plan d'action ne sont pas définies, même si nous n'avons pas attendu la venue des mammifères du futur pour y songer. En quarante-huit heures, la base de lancement peut être opérationnelle ; en une semaine, les fusées peuvent être assemblées et leurs charges nucléaires réactivées. Le temps n'est pas un problème. La seule vraie question est de savoir si nous avons le droit de modifier le cours des choses.

Il continua comme pour lui-même un long monologue, n'attendant pas de commentaire de la part de Marc.

— De nos jours, la science est toute-puissante, nous pouvons programmer le développement de la vie, aider des espèces à survive, modifier leurs caractères héréditaires. Dans le passé, nous avons su éviter une guerre terrifiante qui aurait détruit toute vie sur notre planète... Mais le pouvoir de la science toujours plus forte nous rattrape... Et puis, des millions d'années après notre inéluctable disparition, voilà qu'un être nous ressemblant, issu de ces petits animaux fragiles dont nous suivons l'évolution dans nos laboratoires, vient nous apprendre que notre civilisation a été anéantie sans laisser de traces et que le deuxième satellite de notre planète a disparu...

Marc essaya de l'interrompre.

— Non, écoute-moi, ne m'interromps pas... Je perds le fil de ma pensée... Ce petit mammifère nous apprend qu'il existe un autre monde, organisé et civilisé. Il nous parle d'une autre façon d'imaginer les relations entre les êtres. Il nous parle de rapport charnel, d'un monde tellement différent du nôtre et pourtant tellement semblable au nôtre par certains côtés et qui, en plus, ressemble à l'univers de nos légendes. Marc, avant de traverser le temps, vous êtes-vous au moins une fois posé la question des conséquences possibles d'un tel voyage, des rencontres que vous pouviez y faire ? La science ! Toujours la science ! Mais doit-on tout lui sacrifier ?

Il s'arrêta quelques instants, comme pour reprendre son souffle ou organiser sa pensée avant de continuer.

— Marc, de quel droit vous êtes-vous introduits dans notre époque ? Au nom de la connaissance ! Du savoir, bien sûr ! Tout est permis pour savoir, pour vérifier les hypothèses. On a le droit, le devoir même de réaliser toutes les expériences pour aller plus loin dans la connaissance…

Il semblait à Marc que son ami ne se maîtrisait plus, que rien ne pourrait le faire taire.

— Il faut que vous sachiez encore une chose, une vérité que je ne vous ai pas entièrement dite, que je vous ai juste laissé entrevoir l'autre jour au Centre de recherche génétique. L'Homme que vous êtes, c'est nous qui l'avons sinon créé, du moins développé… protégé… Alors je ne sais plus, je ne sais plus ce qui est bon et ce qui ne l'est pas... et... et je nous sens en quelque sorte responsables de vous... (Il serra très fort la main de Marc.) Mais l'amour..., on ne savait pas, on ne pouvait pas savoir. C'est quelque chose en plus... Marc, parle-moi, dis-moi ! Dis-moi, l'amour entre deux êtres de sexe différent, c'est quoi ? Toi et Aurore, c'est quoi ? C'est comment ? Marc, tout cela est trop fort pour moi.

Épuisé, il s'arrêta enfin et reprit le contrôle de lui-même.

— Pardonnez-moi, Marc, ne faites pas attention à ce que je dis. C'est l'émotion. Il y a trop d'émotion depuis quelques jours. Ce traumatisme que vous avez vécu en découvrant notre civilisation a été le même pour nous en découvrant la vôtre. Au début, nous ne savions pas d'où vous veniez. Nous aussi, nous avons d'abord cru que vous débarquiez d'une autre planète.

Marc n'osait pas bouger et ne savait quoi dire. Ce qui l'étonnait le plus était la vitesse avec laquelle Laurier reprenait son calme apparent, comme si de rien n'était.

— Tout va bien, Marc. Si nous en décidons, je pense que nos chercheurs et nos techniciens auront le temps de réaliser le programme de destruction du satellite qui nous menace. Allons, maintenant, n'oublions pas que nous sommes attendus !

16. Jardins d'eau

La réception avait lieu dans le parc de la résidence des empereurs. La bâtisse était grande mais sans prétention. Faite de matériaux légers, elle ressemblait plus à une grande cabane flottante qu'à un palais. Elle contrastait avec les jardins qui l'entouraient, dont les moindres détails indiquaient un souci d'harmonie. C'était une féerie végétale : des buissons de fleurs inconnues aux teintes pastel se mélangeaient aux verts profonds des fougères-lianes.

Les bassins des jardins impériaux, construits avec les matériaux les plus raffinés, étaient organisés en gradins de cascades tournant autour d'un gigantesque orgue d'eau. Des eaux parfumées et colorées créaient une musique cristalline en s'écoulant de tuyaux de bronze de diamètres et de hauteurs différents. La pression des jets transformait les sons. Un jeu de lumière se modifiant sans cesse au rythme de la musique délimitait un espace visuel. C'était un spectacle complet, sollicitant tous les sens. À chaque note correspondaient un parfum et une couleur. Les invités se baignaient, allant d'un bassin à l'autre, jouant avec les jets d'eau, s'éclaboussant comme des enfants et riant aux éclats. Quelle différence avec les réceptions guindées du XXIe siècle !

Marc et ses compagnons s'étaient mêlés aux reptiles aquatiques et à leurs jeux. Marc en oubliait presque la menace qui planait sur eux et les confidences de son ami Laurier.

Il faisait déjà presque nuit. Les deux satellites de la planète se reflétèrent dans l'eau des bassins. Marc et ses compagnons les découvraient ce soir pour la première fois. Tous en ressentirent une grande émotion. Une brise tiède et légère transportait avec elle les senteurs délicates des hautes herbes de la savane, chauffées par le soleil d'une belle journée de printemps tropical. Le paysage bruissait de mille cris étranges : chant rauque des crapauds géants, grondements sourds des grands dinosaures, petits cris aigus d'animaux minuscules vivant cachés à l'abri de cette nature généreuse. Tous ces sons se mêlaient à la musique de l'eau.

Jamais Marc n'avait trouvé Aurore si belle. Les jeux de lumière soulignaient les formes de son corps souple et ondulant. Marc se sentait enveloppé par la volupté qui émanait des lieux, enivré par les parfums qu'exhalait cette nature folle et pourtant organisée, composée à l'instar d'une symphonie.

Il régnait, malgré la gravité des événements, un climat d'insouciance. Comme si tous ces êtres, conscients de la fragilité de leur monde, voulaient une dernière fois profiter pleinement du plaisir qui s'offrait à eux.

La musique, le décor floral, les cascades, tout cela paraissait irréel à Marc. Une fois encore, il avait l'impression de vivre dans un rêve.

L'empereur prononça quelques mots, sans pompe et sans artifices inutiles, mais pleins d'émotion et de sincérité, allant à l'essentiel. Ses phrases étaient rythmées à la manière des chants grégoriens. En fait, son discours était destiné plus à ses concitoyens qu'aux hommes du XXIe siècle. Il annonça la décision de détruire le satellite menaçant grâce à une charge atomique surpuissante.

Ses paroles ne cherchaient pas à cacher les réels dangers d'une telle action, tout en ménageant une place à l'espoir. Son allocution terminée, il s'adressa en aparté au professeur Sureau, qui discutait avec Marc : « Je tiens absolument à ce que, avant le lancement de la fusée, tous les petits mammifères bipèdes du Centre soient remis en liberté. » Marc sourit, ils échangèrent un long regard. Le monarque sembla vouloir parler aux voyageurs du temps, mais il se ravisa. Se contentant d'un petit signe de main discret à Aurore et à Marc, il plongea dans l'eau tiède et parfumée du grand bassin. La musique reprit, laissant aux humains un sentiment de profond malaise.

17. Le départ du monstre d'acier

L'ombre gigantesque de la fusée s'allongeait sur son aire de lancement au milieu de la savane, sans troubler les troupeaux de grands dinosaures qui n'avaient pas pu être tous évacués, faute de temps.

Jamais Marc et ses compagnons n'avaient vu de fusée aussi énorme.

L'activité de ces derniers jours avait été fébrile sur la base, qu'il avait d'abord fallu remettre en état de fonctionner, puis les différents morceaux de la fusée avaient été acheminés et assemblés et les charges nucléaires installées.

Les techniciens avaient tenu les délais, la triple fusée était prête à partir.

Le compte à rebours commença ; l'atmosphère était tendue au centre de contrôle de la base de lancement. Chacun retenait son souffle. On entrait maintenant dans la phase la plus délicate de l'opération : la mise à feu des réacteurs géants, suivie de la mise en orbite basse autour de la Terre.

Dans un fracas de fer et de feu, le monstre s'ébranla lentement, puis, les réacteurs montés à leur pleine puissance, il s'élança franchement dans le ciel.

Une quinzaine de minutes lui suffirent pour être placé sur son orbite.

Tout s'était déroulé comme prévu. La première phase était terminée. La fusée tournerait quelque temps autour de la Terre avant de partir à l'assaut du satellite indésirable pour le détruire. La deuxième partie du programme se déclencherait dans trois jours. L'opération entrerait alors dans sa phase terminale et ce serait le choc libératoire.

À ce moment-là, si tout se passait normalement pour les humains, le vaisseau intertemporel, en même lieu et place, serait rendu des millions d'années plus tard.

C'était le dernier soir. Marc, les nerfs à vif, se réfugia dans son cher vieux carnet.

Le passé et le futur s'entrechoquent... Ce que nos amis humanosaures nous ont appris de leur avenir immédiat... leurs prédictions... leurs techniques... et ce que nous supposons de cette fin de l'ère secondaire vue de notre XXIe siècle... tout s'emmêle...

Nous partons. Ils restent. Pour combien de temps ? Et pour vivre quoi ?

Si la destruction du satellite est imparfaite et qu'une portion considérable de celui-ci entre en collision avec la Terre, le choc ne sera pas assez important pour détruire notre planète, mais suffisant pour déclencher des cataclysmes en chaîne. Si, comme l'imaginent certains de nos savants, une masse d'une centaine de kilomètres de diamètre tombait dans l'océan, à l'endroit où la croûte terrestre est le plus fragile, elle déchirerait celle-ci, se frayant un passage jusqu'au magma qui jaillirait comme un geyser, libérant la lave en fusion. À son contact, l'océan entrerait en ébullition, un énorme nuage de vapeur et de particules s'élevant au-dessus d'un océan bientôt asséché cacherait le soleil, plongeant la Terre dans une obscurité complète… Plus de lumière, plus de vie… L'onde de choc, en se propageant, provoquerait une suite de tremblements de terre fracturant la planète et des éruptions volcaniques entraînant une pluie de matières incandescentes engendreraient des incendies gigantesques.

Aurore et moi parlons souvent des signaux reçus à l'observatoire du pic du Midi et qui nous ont amenés ici, de leur brusque interruption, de la suite d'ondes de choc qui leur a succédé. J'essaie désespérément de leur donner une signification autre qu'un anéantissement total.

Chacun ici est bien conscient du danger. Humains ou humanosaures, nous avons tous imaginé le pire. Je ne me sens plus relié à mon époque que par les connaissances que j'y ai acquises sur la fin de l'ère secondaire.

Les membres de l'équipage en sont au même point. Nous ne sommes plus du tout préoccupés de notre retour et nos interrogations sur la justesse des calculs de dérive du temps ne tourmentent plus personne. Les jumeaux sont méconnaissables, ils ont été superefficaces et ont donné un sacré coup de main aux humanosaures sur le chantier de mise en place de la fusée, ne comptant pas leur peine.

Nous n'avons aucune prise sur notre propre devenir. La base de Dakar (que c'est loin, tout ça !) nous remettra en route à l'heure dite. Que cela marche ou non ne dépend plus de nous. Nous sommes des marionnettes manipulées du fond des temps par d'autres hommes, d'un autre temps.

Tandis qu'ici… nous avons par notre seule présence changé le cours des choses.

Mon imagination fonctionne à toute allure… J'ai peur.

18. Le matin

Tout le monde était glacé d'émotion et de tristesse. Il s'était passé trop de choses en si peu de temps, la découverte d'une civilisation, d'une autre réalité. Des amitiés très fortes étaient nées. Plus personne ne trouvait les mots ou les images qui, pourtant, venaient si facilement d'habitude. Que dire à un peuple qui sait qu'il va disparaître et qui, stoïque, accepte son destin ? Que dire à des amis qui vous ont sauvé, apprivoisé, aimé… au-delà de tout ce qu'il est possible d'imaginer, par-dessus les différences… et qu'on laisse là, sachant que tout est fini pour eux et que l'on n'y peut rien ?

Le disque solaire s'élevait au-dessus de la lagune dans une brume légère. Les bruits de la forêt, qui avaient tant effrayé Marc et les jumeaux lors de leur première sortie, arrivaient comme assourdis. Il émanait de ce paysage quelque chose de serein.

Un matin qui ressemblait à leur premier matin. Alors que là-haut, sur son orbite, la fusée et sa charge apocalyptique continuaient à tourner pour quelques heures encore. Premier matin ! Dernier matin ?

Ici, devant le vaisseau intertemporel, s'était réunie une importante délégation d'humanosaures.

L'empereur Baobab en personne avait tenu à faire ses adieux aux humains.

Soudain, n'y tenant plus, Aurore s'adressa à Laurier :

— Les œufs ! Les œufs ! Oui, donnez-nous au moins les œufs, on en prendra soin.

Laurier la regarda intensément et répondit :

— Merci, Aurore ! Merci pour votre générosité, elle nous touche beaucoup, mais...

Baobab lui coupa la parole :

— Oui, merci, Aurore. Comme Laurier allait vous le dire, cela n'est pas envisageable. Il n'y a pas de place pour nous dans votre société. Il n'y a pas de place pour deux « humanités » sur la Terre. Nous ne voulons pas que nos descendants deviennent des objets de curiosité pour les hommes de votre époque. Nous devons accepter notre destin. Nous avons assez joué avec lui. Nous allons… nous avons… détourné la course des planètes. Faut-il parler au présent, au futur ou au passé, d'un futur que l'on sait déjà passé ? Nous avons fait beaucoup. Il faut savoir s'arrêter. Ce pouvoir que vous avez sur le temps ne nous appartient pas. Nous ne le maîtrisons pas. Ne nous laissons pas séduire… Nous avons confiance en vous. Nous avons accompli ensemble des faits légendaires. Gardez notre mémoire…

Il se tourna vers Laurier et lui céda la parole.

— Partez vite, amis ! Nous n'oublierons pas ce que nous avons accompli ensemble pour la Terre. Vous nous avez donné l'idée de l'amour. Nous vous aimons. Aurore, Marc, je vous aime. À vous de vivre, de vous aimer et d'inonder notre planète de vie. Bonne chance, petits mammifères fragiles !

19. Un petit être venu d'ailleurs

L'eau était bleue, trop bleue, et sentait le chlore. Marc ne supportait pas cette chaleur moite, ces cris qui résonnaient sous la verrière, pas plus que les « plouf ! » des gosses qui l'éclaboussaient. Depuis toujours il détestait les piscines, les gens à demi nus. Il se sentait ridicule et affreux en maillot de bain.

Il regarda Aurore dans son deux-pièces, la trouva fade et indécente.

Il regrettait de s'être laissé entraîner ici.

Depuis son retour de l'expédition dans le temps, il avait du mal à réintégrer le

XXIe siècle. D'une certaine façon, il était resté là-bas. Il n'en finissait plus de vivre le cataclysme auquel leur départ les avait soustraits. Il faisait sans arrêt des cauchemars où se succédaient de multiples visions d'horreur : incendies, tremblements de terre, failles s'ouvrant en plein cœur de cités détruites…, et cette obscurité toujours et partout, cette poussière, ce brouillard permanent qui l'empêchaient de respirer. Laurier et Baobab étaient là, à ses côtés, invisibles mais présents dans la course insensée d'une planète à l'agonie, meurtrie, crachant son magma par toutes ses blessures, vengeance de l'astre broyé par l'homme.

Si Marc avait accepté de venir à la piscine, c'était pour faire plaisir à Aurore. Mais c'était pire qu'ailleurs, ça lui rappelait trop de choses.

— Viens, partons. Je ne peux pas rester plus longtemps, ça me fait trop mal. Je crois que je ne pourrai plus jamais voir de l'eau et des gens se baigner sans souffrir. Trop de souvenirs me reviennent à la mémoire.

— Pardonne-moi, tout est ma faute. J'ai été stupide. Tu as raison, c'est trop moche ; mais je voulais de l'eau autour de nous pour t'apprendre…

Marc regarda Aurore d'un drôle d'air.

— Quoi ? Qu'est-ce que tu veux me dire ?

— Marc… Tu te souviens de la réception dans les jardins de l'empereur ? Eh bien, nous allons avoir un petit bonhomme… Et c'est là, tu te rends compte ? Une gestation de plusieurs millions d'années pour un petit mammifère intelligent qui va nous venir d'un autre monde.

— Un bébé, tu attends un bébé !

Une fois de plus, tout chavirait dans sa tête, le passé percutait le présent, écrasant, réduisant le temps.

— Aurore ! C'est dingue !

Marc était ému. Il se rapprocha tendrement d'Aurore.

— Tu te rappelles ? Tu étais si belle, cette nudité t'allait si bien… Les cascades, la végétation, l'eau, la musique, la lumière et les parfums… Je n'arrive pas à imaginer que maintenant…

— Chut !

— Tu avais presque envie de rester, non ?

— Oui, avec toi, s'il n'y avait pas eu ce satellite.

— J'ai mal quand je pense à eux. J'ai froid, un froid mortel qui me glace. Je ne parviens pas à imaginer leur mort lente dans l'obscurité au milieu d'un paysage dévasté… Toutes les nuits j'en rêve et…

— Calme-toi, Marc. Reviens ! Il faut vivre. Aime-moi.

— Non ! Je ne peux pas oublier.

— Qui te dit d'oublier ?

— J'entends encore Baobab dire : « Il nous faut accepter notre destin, ensemble nous l'avons accompli. Le petit mammifère vivra. Partez. » Tu sais, Aurore, je deviens fou. Je voudrais devenir fou, ce serait peut-être plus vivable.

— Tais-toi, Marc ! Il faut que tu cesses d'en parler.

— Je n'en parlerai plus, mais attends…

Et il s'éloigna vers les vestiaires d'un pas précipité.

Aurore était inquiète. Elle aussi se sentait angoissée, mal à l'aise. Elle s'en voulait d'avoir amené Marc dans cette piscine. Elle aurait dû comprendre.

Marc revint, son éternel carnet à la main.

— Tiens. Je te le donne. Tu le conserveras… pour lui.

Du début à la fin, le petit carnet était couvert de l'écriture fine et serrée de Marc.

Elle l'ouvrit à la dernière page.

… Je ne supporte pas ce trou béant dans notre connaissance. Avoir vécu si près d'eux, aux limites du cataclysme, et ne pas savoir… « Jusqu'où a-t-on le droit d'aller pour savoir ? » demandait Laurier.

Je donnerais tout ce que j'ai pour savoir, mais cette fois-ci au nom de l'amitié…, pas de la science.

Aurore, levant les yeux, rencontra le regard de Marc, un regard douloureux, égaré.

— Tu n'as pas connu mon grand-père… C'était un type formidable, un merveilleux dessinateur, plein d'humour, à l'imagination débordante. Je voudrais retourner le voir quelque part dans les années 2040, 2045, quand j'étais petit. Tout ça, il en ferait une superbe bande dessinée… Une BD, rien d'autre, rien d'autre…

— Arrête, Marc ! Il n'y aura plus désormais pour nous de voyages dans le passé. Vivons l'instant présent ! Je t'aime, moi !

Pour la première fois depuis longtemps, Marc sourit. Aurore détourna son visage pour ne pas lui montrer les larmes dans ses yeux. Elle posa la main de Marc sur son ventre.

— Et si on lui donnait un nom de là-bas, Laurier, par exemple ?

Table des matières

Castor Poche

Des livres pour toutes les envies de lire,
envie de rire, de frissonner,
envie de partir loin
ou de se pelotonner dans un coin.

Des livres pour ceux qui dévorent.
Des livres pour ceux qui grignotent.
Des livres pour ceux qui croient ne pas aimer lire.
Des livres pour ouvrir l'appétit de lire et de grandir.

Castor Poche rassemble des textes du monde entier ; des récits qui parlent de vous mais aussi d'ailleurs, de pays lointains ou plus proches, de cultures différentes ; des romans, des récits, des témoignages, des documents écrits avec passion par des auteurs qui aiment la vie, qui défendent et respectent les différences. Des livres qui abordent les questions que vous vous posez.

Les auteurs, les illustrateurs, les traducteurs vous invitent à communiquer, à correspondre avec eux.

Castor Poche
Atelier du Père Castor
4, rue Casimir-Delavigne
75006 PARIS

Castor Poche, des livres pour toutes les envies de lire: pour ceux qui aiment s'évader du réel voici une sélection de romans de science-fiction et de fantastique.

624 Les portes d'Arthim **Junior**
par Liliane Korb et Laurence Lefèvre
Jaimie s'invente des histoires extra, celle des Krotolgs, petites créatures qui ressemblent à des koalas à tête de chat. Mais les histoires ont tendance à devebir réalité, et, la nuit, les Krotolgs sont bien envahissants...

621 Dracula **Senior**
par Jean-Loup Craipeau
Dans le château de l'authentique comte Dracula, on s'apprête à tourner un film. Une mort inexpliquée sème l'angoisse dans le village voisin, le vampire serait-il de retour? Seul Georgiu son fils adoptif ne croit pas à la culpabilité du comte. Qui cherche à nuire au comte Dracula?

613 Des fleurs pour Algernon **Senior**
par Daniel Keyes
Charlie Gordon le simple d'esprit, va devenir intelligent, très intelligent, grâce au traitement qu'il suit avec Algernon, une souris de laboratoire. Les progrès sont fulgurants, toute la vie de Charlie en est bouleversée. L'idiot, le benêt, devient plus fort que ses maîtres, si fort qu'il trouve la faille dans le traitement, avant tout le monde. Mais que vont devenir Algernon et Charlie?

612 Terminal park **Senior**
par François Sautereau
Jérémie est passionné de jeux vidéo interactifs. Il s'évade ainsi de son quotidien et devient le capitaine Jemrey, héros intrépide d'aventures palpitantes. Peu à peu réalité et mondes virtuels se confondent, Jérémie affronte bientôt des individus, bien réels ceux-là...

611 Les mondes décalés — Senior

par Danielle Martinigol et Alain Grousset

La vie dans l'univers est une chose rare et précieuse. Si rare que, pour la préserver, une civilisation a dupliqué une planète en cent exemplaires. Les siècles ont passé, mais les veilleurs sont là pour empêcher toute tentative de progrès dans ces mondes figés. Orana, par amour pour son frère, brise les tabous du silence, de la peur. Elle affronte les veilleurs, franchit Narthex, vers les autres mondes...

610 Pirate de l'espace — Junior

par Daniel Pinkwater

Ned est tout à fait capable de rester une heure seul à la maison. Un drôle de bruit sous l'évier l'alerte, il y a là un petit bonhomme, avec un bandeau sur l'œil. Il prétend être pirate de l'espace, et invite Ned à une balade intersidérale...

609 Le grand livre des gnomes : Les terrassiers — Senior

par Terry Pratchett

Les gnomes qui vivent parmi nous ont décidé de retourner sur leur planète d'origine. Long trajet en perspective, alors qu'on ignore même ce que peut être un avion. Pourtant les gnomes n'ont peur de rien, en avant pour le grand voyage...

608 Le grand livre des gnomes : Les camionneurs — Senior

par Terry Pratchett

Les humains sont incapables de voir les gnomes. C'est que les humains sont très doués quand il s'agit de ne pas voir les choses dont ils savent qu'elles n'existent pas. Et pourtant, les gnomes sont là parmi nous, notre monde leur paraît très étrange, mais eux, ils essayent de comprendre...

607 **La fille de Terre Deux** **Junior**

par Joëlle Wintrebert

Sylvie, jeune fille ronde et gourmande, rencontre un jour son double, sa sœur jumelle. En balade dans notre histoire, elle vient d'un monde parallèle. Sylvie présente sa terre à Evilys qui lui parle de la sienne, Terre Deux. Evilys est invisible pour tout le monde, sauf pour Sylvie, c'est l'occasion de franches rigolades...

606 **L'appel du fond des temps** **Senior**

par Grégoire Horveno

En 2073, au Centre d'écoute spatiale du pic du Midi, Aurore et Marc recoivent de mystérieux signaux. Ces signaux proviennent-ils d'une civilisation disparue? Les deux scientifiques en sont persuadés. Une équipe se prépare alors à remonter le temps jusqu'à l'ère secondaire. Si loin dans le passé, alors que la notion d'humanité n'existait pas encore, les savants découvrent une civilisation dont nous n'avons jamais retrouvé la trace...

575 **L'héritier du magicien** **Junior**

par Avi

Servante au palais du roi, Morwenna se voit léguer, par un vieux magicien mourant, les cinq derniers souhaits qui restaient à ce dernier. Morwenna se retrouve magicienne, dotée d'un pouvoir étourdissant et, découvre très vite que ce cadeau du ciel est un terrible boulet et l'occasion de cruels cas de conscience.

569 **Les cascadeurs du temps** **Senior**

par Christian Grenier

Joël passe ses vacances avec Jean-Claude, son ami d'enfance, et Guntr, un copain de rencontre. Lors d'une plongée dans la rivière, Joël se rend compte qu'il a basculé dans une faille spatio-temporelle. De retour au camping, ses deux amis le convainquent qu'il faut retourner sous l'eau pour comprendre. De nombreuses aventures les attendent...

560 L'heureux gagnant **Senior**

par Hubert Ben Kemoun

C'est la mort qui sonne cette nuit à la porte de Jean Trumel ! Elle a pour messager un nabot trop poli en costume démodé, et qui ne lâchera jamais prise ! Ce n'est pas une bataille que va devoir livrer Trumel mais une guerre sans merci… Il n'est vraiment pas de tout repos de tenter de tuer la mort.

555 Cécilia retrouvée – Tome 2 Une histoire étrange **Senior**

par Maria Gripe

Nora est bien décidée à éclaircir le mystère qui l'entoure. Hilda, l'ancienne concierge de son immeuble, lui raconte la vie d'Agnès et de Cécilia, qui ont vécu dans son appartement autrefois et, peu à peu, Nora reconstitue la trame d'une histoire oubliée, que sa propre grand-mère feint d'ignorer. Cécilia retrouvée est la suite de *Qui est à l'appareil*, Castor Poche n° 551.

553 L'inquiétant naufragé **Senior**

par Mollie Hunter

Robbie vit dans un village des îles Shetland, battu des vents. Les tempêtes y sont redoutables, les naufrages fréquents. Aussi la famille ne s'étonne-t-elle pas, un soir de mer déchaînée, de voir surgir un homme ruisselant. Il affirme être le seul survivant d'un bateau dressé contre les rochers. Que cache l'étranger ? Pourquoi est-il là ?

551 Qui est à l'appareil ? – Tome 1 Une histoire étrange **Senior**

par Maria Gripe

Chaque fois que Nora se trouve seule dans sa chambre, elle a la sensation d'une présence invisible à ses côtés. Des appels téléphoniques mystérieux la sauvent à plusieurs reprises d'accidents. Elle reçoit une poupée ancienne… Nora sent confusément que ces messages ont une relation avec sa propre histoire et celle de ses parents. Une histoire ancienne que tout le monde semble avoir oubliée…

546 L'Alchimiste **Senior**

par Paulo Cœlho

C'est le récit d'une quête, celle de Santiago, parti à la recherche d'un trésor en Égypte. Dans le désert, il suivra l'enseignement de l'Alchimiste et apprendra à être un homme.

524 La manade du centaure **Senior**

par Louise Perrot

Dans le train qui l'emporte vers la Camargue et vers Laurence, Antoine trouve un bien étrange grimoire, clé de cette région fière et sauvage qu'il va découvrir. Pourquoi le baye-guardian de la manade porte-t-il le même nom que son cheval? Quel secret cachent les ruines interdites, et pourquoi attirent-elles irrésistiblement un jeune cavalier qui porte, lui aussi, le même nom que son cheval?

523 L'ombre fripouille **Junior**

par B. Garcia-Valdecasas

Coqui a mis en fuite un petit cambrioleur qui s'enfuit si vite en claquant la porte-fenêtre que son ombre reste à l'intérieur! Elle se colle à Coqui, et voilà le garçon affublé d'une ombre supplémentaire qui accumule les grosses bêtises. Vite, il faut retrouver son propriétaire...

505 Le magicien d'Oz **Junior**

par L. Frank Baum

Dorothée et son chien, Toto, basculent un jour de grande tempête dans le monde merveilleux du pays d'Oz. En route vers la Cité d'Émeraude, le Lion, l'Épouvantail et le Bûcheron-en-fer-blanc seront leurs compagnons d'aventures dans ce conte de fées où chagrins et cauchemars sont bannis.

460 L'escapade de Mona Lisa **Junior**

par Jocelyne Zacharezuk

Deux histoires sont réunies dans ce livre. Dans la première, la Joconde disparaît mystérieusement du musée du Louvre. Deux adolescents, Frédéric et Marie-Ange, partent à sa recherche... Dans la seconde histoire, Nelly, qui se sent délaissée par son père, lui subtilise un carnet rouge. Elle s'aperçoit peu à peu que ce fameux carnet recèle un étrange pouvoir...

453 Dossier fantômes **Junior**

par James M. Deem

On peut ne pas croire aux fantômes... et raffoler d'histoires de fantômes. On peut ne pas croire aux fantômes... et ignorer ou ne pas ricaner pour autant de ceux qui affirment en avoir vu, on peut ne pas croire aux fantômes... et ignorer au juste à quoi on ne croit pas. Qu'on y croie un peu, beaucoup, pas du tout, on peut se régaler de Dossier fantômes, sans craindre d'y faire provision de cauchemars.

437 Les visiteurs du futur **Senior**

par John Rowe Townsend

À Cambridge, en été, les touristes sont légion, mais la famille que rencontrent John et son ami Allan est vraiment bizarre. Ils avouent ne jamais être venu à Cambridge auparavant et semblent pourtant connaître la ville parfaitement. La circulation automobile les fascine, de même que les bars et l'alcool que le père paraît découvrir avec ravissement. Qui sont donc David, Katherine et Margaret ?

411 Une devinette pour Gom **Senior**

par Grace Chetwin

Gom a hérité des pouvoirs de sa mère magicienne. À la mort de son père, il décide de partir retrouver cette mère mystérieusement disparue. En chemin, un moineau lui pose une devinette dont la solution lui dira où aller. Gom affrontera des ennemis farouches mais rencontrera aussi des amis bienveillants.

403 **Le prince Caspian** **Junior**

par C. S. Lewis

Si pour Pierre, Suzanne, Edmond et Lucie une année s'est écoulée depuis leur dernier séjour à Narnia, dans leur royaume, des siècles ont passé, apportant le désordre et la violence. Ils vont s'employer à restaurer la paix, grâce au lion Aslan, et à rendre au prince Caspian le trône injustement usurpé par son oncle.

397 **Message extraterrestre** **Junior**

par Philip Curtis

Des écoliers anglais écrivent à des écoliers français. Seul Chris ne trouve pas de correspondant. Très déçu, il s'en va traîner dans son parc favori, lorsqu'une mini-tornade dépose à ses pieds un message codé. Qu'importe ! Le garçon répond, et se retrouve doté d'un correspondant extraterrestre. De fil en aiguille, Chris et deux de ses amis se font embarquer dans un vaisseau spatial…

386 **Mon père le poisson rouge** **Junior**

par Liliane Korb et Laurence Lefèvre

Léo a un père peintre naïf, une mère institutrice ; ses parents sont séparés. Un jour, ayant appris par hasard une formule magique trouvée dans un vieux livre, il transforme son père en poisson rouge ! Il faut vite trouver la formule qui rendra sa forme initiale à son père…

372 **Drôle de passagère pour Christophe Colomb** **Junior**

par Valérie Groussard

Julie vivait heureuse auprès du roi son père. Mais un jour, toute la cour fut transformée en animaux. Julie devint un petit cochon ! Avec l'aide de ses amis magiciens Miranda et Aldo, elle embarqua sur le bateau de Christophe Colomb pour conjurer le mauvais sort en pleine mer. C'est ainsi que Julie accompagna le navigateur en route vers les Indes !

361 La dame de pique — Senior

par Alexandre Pouchkine

À Saint-Petersbourg, dans la Russie tsariste, l'officier Hermann, contrairement à ses camarades, ne joue jamais aux cartes. Sauf un jour, parce qu'il est sûr de gagner. Oui! mais aux cartes, on n'est jamais sûr de rien.

360 Hook — Junior

par Geary Gravel

Nous retrouvons Peter Pan qui a accepté de grandir. Père de famille prospère, il a tout oublié de sa jeunesse. Mais un jour, ses enfants sont enlevés par le capitaine Crochet. Peter devra retourner au Pays imaginaire, aidé de la fée Clochette. Ce livre est tiré du film de Steven Spielberg, *Hook*.

350 Peter Pan — Junior

par James M. Barrie

C'est l'histoire des enfants Darling et de Peter Pan, le garçon qui ne veut pas grandir. L'aventure commence la nuit où Peter revient chercher son ombre, et apprend aux enfants Darling à voler. Dans l'île imaginaire vivent des fées, des sirènes, et bien sûr, le terrible capitaine Crochet.

342 Camarade Cosmique — Junior

par Nancy Hayashi

Dans un livre de bibliothèque, un message est signé «Camarade Cosmique». Eunice, intriguée, répond par un petit mot dans un autre livre. Les messages se succèdent, mais Eunice ne sait toujours pas qui est Camarade Cosmique. Quelqu'un de son école sûrement, et qui partage sa passion pour la science-fiction. Oui, mais qui? Eunice mène son enquête…

Cet
ouvrage,
le six cent sixième
de la collection
CASTOR POCHE,
a été achevé d'imprimer
sur les presses de l'imprimerie
Maury Eurolivres
Manchecourt - France
en août 1998

Dépôt légal: septembre 1998.
N° d'édition : 4487. Imprimé en France.
ISBN : 2-08-164487-8
ISSN : 0763-4544
Loi n° 49-956 du 16 juillet 1949
sur les publications destinées à la jeunesse